保阪正康

西村京太郎
池内紀
逢坂剛
浅田次郎
半藤一利

対談

戦争とこの国の150年

作家たちが考えた「明治から平成」日本のかたち

山川出版社

対談

戦争とこの国の150年

作家たちが考えた「明治から平成」日本のかたち

もくじ

西村京太郎

トラベルミステリーの巨匠

死ぬことは怖くなかった。『どうせ、俺たちもみんな死ぬんだ』という気持ちでした

Keywords

陸軍幼年学校　本土決戦　空襲と「名誉の戦死」

「陛下をお守りしろ」　闇市と米軍基地

永田鉄山の卓見　日本人と戦争　etc.

「たらふく食べられる」が魅力で幼年学校へ／一五歳で階級は「兵長」／鉄拳制裁なしの理由／「どうせ、俺たちもみんな死ぬんだ」／米軍機の機銃掃射に逃げ惑う／八月二日の空襲と同期生の「名誉の戦死」／「怪しいヤツが来たら斬れ」／玉音放送と「東條のバカヤロー」／父と闇米を買いに埼玉へ／本の楽しさを教えてくれた先生／できたばかりの人事院に就職／探偵業は推理小説の役に立たず／作曲家いずみたくと江田島へ／あの戦争が忘却されることへの危機感／したたかさのない日本人に戦争は不向き

池内　紀

ドイツ文学者・エッセイスト

太平洋戦争期の日本の言論と熱狂は、第一次大戦のドイツとソックリです

Keywords
戦争と性　戦場のモラル　日本とドイツのプロパガンダ
日本人の精神構造　「神」と天皇　朝鮮戦争を喜ぶ大人たち
ナチズムへの熱狂　etc.

伯父が書き残していた二つの記録／「従軍慰安婦」をめぐるトライアングル／
証拠をめぐる不毛な「慰安婦」論議／「戦場体験」聞き書きの原点／
ナチスと日本の戦争プロパガンダ／ドイツに比べて日本の宣伝は「子供だまし」／
特攻帰りを白眼視する日本人の精神構造／日本は今も昔も「成り行きまかせ」／
野坂昭如が「道化」に徹した理由／朝鮮戦争で喜ぶ大人たちへの違和感／ドイツ人とヒトラー／
戦争中の言論が瓜二つの日本とドイツ／ナチズムが青少年を熱狂させた理由／
ゲッベルスやヒムラーは有能だったか／活字箱をぶっ壊したドイツ、活字を供出した日本

逢坂　剛

ミステリー・歴史小説の大家

赤紙がきたとき、隻眼の父は『俺のところにくるようじゃ、この戦争はもうダメだ』と思ったそうです

Keywords
「中華街」としての神保町　近藤重蔵と北海道
吉村昭『羆嵐』の世界　父に届いた召集令状　スペインと諜報戦
フランコは善か悪か　作家の収集資料をどう残すか　etc.

共通点は「神保町での古書探し」／「中華街」としての神保町／終戦直後の駿河台からの風景／
六〇年安保の学生時代／「近藤重蔵シリーズ」と北海道／吉村昭『羆嵐』舞台での恐怖体験／
父・中一弥は「画兵」だった？／戦場体験者はなぜ家族に話をしないか／
「イベリア・シリーズ」を生み出したもの／史実とフィクションをどう織り込むか／
作家の集めた資料を後世にどう残すか

浅田次郎

前 日本ペンクラブ会長

戦前も戦後も、日本人は『既成事実の追認』だけ。それは明治以降、この国にグランドプランがないからです

Keywords

三島由紀夫事件　「軍隊」という組織の本質　自衛隊と旧日本軍
国民投票と民主主義　日本人と戦争　満州事変への道と戦後日本の共通点
東條英機と石原莞爾　戦争協力を作家は断れるか　etc.

小説家としての原点「三島由紀夫事件」／「文学少年」が求めた答え／「軍隊」という組織の本質／自衛隊が抱える矛盾／国民投票は本当に「国民の総意」か／自衛隊が「戦場」へ行く前に／「旧日本軍」を自衛隊はどう意識しているか／二六〇〇年間も戦争がなかった珍しい国／「ロシア革命」より劇的だった？　明治維新／「既成事実の追認」が日本人のクセ／張作霖爆殺事件は「ミステリー中のミステリー」／東條は「上司にしたくないタイプ」／石原莞爾はなぜ「神話」化されるのか／難しい「石原莞爾」の評伝／不公平感が残る東京裁判の本質／「情緒に訴える」戦争小説は最大の「風化」／戦争への協力を作家は断れるか／「保阪さんの回顧録が読みたい」／なぜ今、大川周明が売れているのか

半藤一利

大ベストセラー『昭和史』『幕末史』の歴史探偵

明治150年がおめでたいなんて、『何をぬかすか』ですよ

Keywords
明治は「輝かしい」時代だったか　隠された日本海海戦の真相
美化される日露戦争　薩長史観　歴史に見え隠れする「官軍」「賊軍」
大元帥陛下と象徴天皇　昭和初期と平成末期の共通点　etc.

『坂の上の雲』の歴史観／隠された「戦史」／東郷平八郎は泰然自若だったか／「東郷ターン」の虚実／勝てたとはいえない戦争／「リアリズムなき国家」の原因は明治に／明治維新と薩長閥／華族で見れば一目瞭然／「官軍・賊軍史観」から見る太平洋戦争／官軍的「成功体験」が導いた未曾有の敗戦／大日本帝国＝軍事優先国家はどう誕生した？／根っからの「軍人」だった昭和天皇／天皇・美智子皇后がつらぬいたもの／平成末期と昭和一ケタ時代の共通点／歴史に学ぶことの意義をもういちど

※本書に収録された対談は二〇一七年末から二〇一八年にかけ、山川出版社内などで行った。半藤一利氏と保阪正康氏との対談は、二〇一八年に東京新聞で行われた対談記録をもとに、その後大幅に加筆・修正を加えたものである。

死ぬことは怖くなかった。『どうせ、俺たちもみんな死ぬんだ』という気持ちでした

西村京太郎

Keywords
陸軍幼年学校
本土決戦
空襲と「名誉の戦死」
「陛下をお守りしろ」
闇市と米軍基地
永田鉄山の卓見
日本人と戦争
etc.

西村京太郎（にしむら・きょうたろう）
1930（昭和5）年、東京生まれ。東京陸軍幼年学校在学中に終戦。戦後は人事院勤務などを経て1963（昭和38）年に『歪んだ朝』でオール讀物推理小説新人賞、その後『天使の傷痕』で江戸川乱歩賞（1965年）、『終着駅殺人事件』で日本推理作家協会賞（1981年）、日本ミステリー文学大賞（2005年）、『十津川警部シリーズ』で吉川英治文庫賞（2019年）などを受賞。2017年に全著作が計600冊に到達した、トラベルミステリーの第一人者。

「たらふく食べられる」が魅力で幼年学校へ

保阪　鉄道ミステリーの第一人者として知られる西村さんがお生まれになったのは昭和五年（一九三〇）。同い年の作家でいうと野坂昭如さんや開高健さんがいらっしゃいます。僕は生まれが昭和一四年ですから、ひとまわりも上の大先輩にあたります。

昭和五年というと、前年からはじまった歴史的にも最大と評される世界恐慌のまっただなかですね。国内政治では浜口雄幸内閣の協調外交・軍縮路線のもと、この年のロンドン海軍軍縮会議で日本側が主張した主力艦の対米七割が受け入れられないまま調印に踏み切った政府に対して、海軍などが激しく反発しました。いわゆる**統帥権干犯問題**[1]ですね。それが原因で浜口首相が右翼青年に銃撃されたり、その二年前にも関東軍の一部が暴走して**張作霖爆殺事件**[2]を起こすなど、このころから軍部が台頭するようになりました。

それから日中戦争、そして太平洋戦争と日本は戦争を拡大していくわけですが、西村さんはまさにその太平洋戦争終盤の昭和二〇年四月、八王子にあった東京陸軍幼年学校に入られました。いきなりの質問で恐縮ですが、なぜ幼年学校を受験されたのですか。

西村　アメリカとの戦争が始まったのは僕が小学校、当時は国民学校と呼ばれていましたけど、その五年生のときでした。それから中学に入りましたが、昭和二〇年になると授業もなくなってみんな勤労動員ですよ。東京は空襲がひどくなるし食べるものもない。
　とにかく一〇代で腹ばかり空かせてましたから、食べ物のいいとこ、行きたかったのね。それで幼年学校を受験したんです。

保阪　少年飛行兵なんかでも「何百カロリー以上」とか募集で強調していたそうですよね。

西村　そうそう。当時の庶民のレベルよりも何倍も食べられますとか、書いてあったんです。それが魅力で応募した人もたくさんいたと思いますよ。それで少年飛行兵になって、最後は特攻なんですから。自分だってそのうち兵隊にとられるわけですから、だったら将官にまでなれる幼年学校に行こうと。

保阪　当時の軍人教育のことをご存じない読者もいるかもしれないので補足しておきますと、旧陸軍

1　**統帥権干犯問題**　大日本帝国憲法下で天皇の大権とされた、国軍に対する命令権が統帥権である。統帥権を巡っては軍部と政府で解釈が異なっていたが、浜口内閣がロンドン海軍軍縮条約締結に際し対英米実質七割の兵力量での締結を閣議決定すると、野党は海軍軍令部長の反対を押し切っての決定が統帥権を犯すもの（統帥権干犯）と反発し、軍部・政府間の解釈の相違が衝突する事態となった。

2　**張作霖爆殺事件**　中国全土の統一を目指す蒋介石率いる国民革命軍の北伐が進むと、田中義一内閣は満州（東三省）の日本権益を守るため軍閥の張作霖を支援した。が、張作霖軍が国民革命軍に敗れたため関東軍内では河本大作大佐らが張作霖を殺害して満州を武力制圧すべく、独断で北京から満州へ移動する張の列車を奉天郊外で一九二八年六月に爆破、殺害した。翌年に「満州某重大事件」として問題化し、首謀者の河本の停職だけで幕引きを図った田中首相は天皇に譴責《けんせき》され、田中内閣は総辞職した。

では士官生徒を教育する学校として陸軍幼年学校を明治時代に設置しました。東京の他、仙台・名古屋・大阪・広島・熊本にもあって、一三〜一五歳を対象に当時の中学一、二年程度の学力の入学試験がありました。

当時は入るのに大変な競争率で、合格すればまさに軍人でもエリート中のエリート、東京陸軍幼年学校出身者では太平洋戦争開戦時の首相だった東條英機や、終戦時の陸軍大臣でポツダム宣言受諾後に割腹自殺した**阿南惟幾**[3]が有名です。西村さんもそんなエリートの卵だったわけですが、当然ですけど、血をはくほどものすごく勉強されたのでは。

西村　入れるのは一〇〇人にひとりとかいわれていたのは聞きましたね。血をはくほど勉強したわけじゃないけど（笑）。当時、ある偉い将軍の息子さんが幼年学校に入ろうとしたときに、血書をしためたなんていううわさ話まであったほどです。まあ、勉強じたいはあまり面白くなかったですけどね。

保阪　西村さんは大変な倍率を突破して東京幼年学校四九期生三六〇名の一生徒になられたわけですが、幼年学校での日常はどんなものでしたか。

西村　入学式に父親と初めて行ったとき、とにかくやたら高い壁でぐるっと囲まれているなというのが強烈な印象でしたね。

僕らは施設内の生徒舎という宿舎で集団生活しながら、午前中は座学で算数や物理、外国語の授業を受けて、午後は軍事教練という毎日でした。外国語はロシア語やフランス語、ドイツ語で、英語は敵性語だったからありませんでした。

今から考えると何であんなこと勉強したのかって思うけど、一日一日がやたら充実していた記憶がありますよ。

保阪 時間でびっしり決まっていたから？

西村 それに、毎日が緊張の連続だったと思います。緊張させられるんですよ。毎朝起床ラッパの音で跳ね起きて、すぐに身支度をすませて整列しなきゃいけない。モタモタして遅れたりすると、「何々生徒、寝てしまって遅れました」とか大声で反省させられるんです。それが嫌でね。軍靴のひもを結ぶのに時間がかかるから、下着姿で靴をはいたまま寝たこともありました。

毛布だって、角がぴったりそろった状態できちんとたたまなくてはいけないんです。軍隊っていうのはどこか麻薬のようなところがあって、その日常に慣れちゃうと他のことを考えなくなるんですね。まあ、今考えると何やってたのかという気がするけど。

保阪 僕は昔大勢の元軍人を取材したんですが、握手したときにわかるんですよ。軍人の手はごつい。

3　**阿南惟幾**（あなみ・これちか　一八八七〜一九四五）　軍人（陸軍大将）。陸軍大学校卒業後、侍従武官、陸軍省人事局長などを歴任し一九三九年に陸軍次官。一九四五年、鈴木貫太郎内閣に陸相として入閣し、ポツダム宣言を巡っては条件付き受諾を主張。同年八月一五日に自決。

普通の人の手はフニャっとしていて、やはり違います。

少し前に、北朝鮮から軍事境界線を越えて脱北した兵士がいたんです。これは韓国人のジャーナリストから聞いた話ですが、その脱北兵士を診た医師が、手の筋肉の力の入り方が違うと舌を巻いたそうです。それだけ鍛えられた軍人の手は違うということなんでしょう。西村さんもそうでしょう。

西村　今はフニャフニャです（笑）。ただ、いつも体に力が入っているように、拳を握っていないといけないんです。そうしないと怒られちゃう。

一五歳で階級は「兵長」

保阪　一般社会と比べると、まるで異空間のように感じられたでしょうね。

西村　そうです。入学したときに周囲の壁の高さに驚いたんですが、外が見えないようになっているんです。要するに、外部の世界と隔絶するためなんですね。それに、幼年学校では学校の外の一般住民のことを「地方人」という言い方で呼んでいて、地方人とは一切会話をしてはいけないと教えられました。

保阪　なるほど。それは生徒が思想的に染まらないようにということでしょうか。

西村　あるころから共産主義思想が流行って、それに感化される軍人が出たんですね。これはいかんと、一四、一五歳あたりの若者のうちに隔離して軍人教育をするために、できたのが幼年学校なのだそうです。でも、将来は軍の指導的立場に立つはずのエリートなのに外の世界の人と話しちゃいけないっていうのは、どうしてなんだろうと疑問に思いましたよ。

保阪 外出もかなり制限されていたのでは。

西村 二カ月に一回だけ、外出が許されました。そのときは実家へ帰ってもいいんです。

保阪 親や兄弟にもこういうことは言うなとか、指導もあったのですか。

西村 指導は特になかったです。ただ、街中などで兵隊さんに会ったら、階級章をよく見ろと。幼年学校の生徒というのは、当時の階級でいうと兵長にあたるんですね。

保阪 そうか、兵長の下は上等兵、一等兵、二等兵ですから、彼らは西村さんに敬礼しなくちゃいけない。その代わり、兵長より上の伍長以上には西村さんが敬礼すると。

西村 もし自分より階級の低い兵隊に道ばたで会ったら、きちんと敬礼させろというのです。これが僕は嫌でしょうがなかったです。だって、こっちは一五の子どもで、相手は階級が低いっていったって、自分の親ぐらいの年代の人だっているわけですよ。そんな相手に「おいお前、なぜ敬礼しないんだ」なんて、とても言えやしませんよ。

幸い、外出の途中で兵隊に会うこともなくホッとしたのは今でもおぼえてます。でも、自分よりもひと回りもふた回りも年が上の大人からパッと敬礼されたら、さぞ気持ちいいだろうけど（笑）。

保阪　以前、軍人たちを取材していたときに聞いたんですけど、当時の陸軍士官学校は全国から生徒が集まりますよね。そうすると、地方出身者はどうしても各県ごとに集まるのだそうです。いわゆる県人会的なもので、東京には県ごとに出身者が集まれる場所があり、そこには士官学校だけでなく旧制一高（第一高等学校）に通ってる生徒らも来るんですね。

大正時代は軍縮ムードもあり、士官学校の生徒がそういう県人会の集まりに行くと、お前はそんなところで何やってるんだとずいぶん言われたそうです。それで自分の人生はこれでいいのかと悩んで、しまいには士官学校を退学するというケースがかなりあったといいます。

士官学校ではそういう県人の集まりにも行かないよう指導していたそうですけど、懐かしさもあって密かに足を運んでいたようです。

幼年学校でも、そういったことはあったのでしょうか。

西村　ありましたよ。幼年学校も全国から集まってきているので、確かに出身県ごとにグループができちゃうんです。

昭和一一年に一部の青年将校らが国家改造を掲げてクーデターを起こした**二・二六事件**[4]があったでしょう。あのときの中心メンバーのなかに、広島幼年学校出身者が四人もいます。要するに、幼年学校から士官学校へと上がっていくなかで、出身県ごとの集まりというのは続くんですね。結びつきも強いから、そのなかの誰かの思想に周囲が共鳴していくということがあったんじゃないでしょうか。

鉄拳制裁なしの理由

保阪　先ほど西村さんがおっしゃった、幼年学校時代は充実していたというお話に戻りますと、軍人精神を徹底的に叩き込まれる毎日だったということでしょうか。

西村　そう、「考えるな」という教育ですから。考えちゃダメなんです。例えば上の人から何か聞かれますよね。それに答えられないとき、「忘れました」という返事はしてはいけないのです。「忘れました」と言うと、上の人が教えたのに忘れたということになり、忘れた本人だけでなく教えた側の責任にもなってしまうからです。幼年学校では、こういうときは必ず「わかりました」と答えなくてはいけませんでした。

保阪　なるほど、すべては自分の責任にしなくちゃいけないと。

西村　そうそう。今考えると答えまで縛られるのはおかしいと思いますけど、当時はそれが当たり前でした。「忘れました」や「おぼえていません」は禁句だと(笑)。でも、実は「知りません」と言う

4　**二・二六事件**　一九三六(昭和一一)年二月二六日、既成支配勢力の打破と天皇親政の実現を目的とする皇道派青年将校らが、一〇〇〇名以上の兵を率いて首相官邸などを襲撃し、政治・軍事の中枢を四日間占拠したクーデタ事件。斎藤実内大臣や高橋是清蔵相らを殺害した反乱軍は結果的に鎮圧されて一七名が死刑となったが、これにより国家総力戦体制を標榜する統制派が皇道派を排除して陸軍内の主導権を握った。

のが一番いい答えなんです。だって、教えてはもらったんだけど自分が聞いていなかった、ということになるから。

保阪 なるほど、それだとしっかり自分の責任になるわけですね（笑）。そういうことは上級生が教えてくれるのですか。

西村 幼年学校では、一般学校の担任の先生にあたる「生徒監」と呼ばれる人がいて、これは生徒たちの父親のような存在です。生徒監は尉官クラスで、僕のときの生徒監は陸軍大学を受験するんだといって、難しい本を暇さえあれば読んでいましたよ。二〇代後半ぐらいの人でしたけど。

その生徒監の下に、二人ほどの下士官がついていて、彼らが我々の細かな面倒を見てくれていました。生徒監が父親なら、彼らは兄貴分のような存在です。受け答えの作法を教えてくれたのも彼らでしたね。

保阪 その下士官たちは実戦経験もある人たちですか。

西村 そう、いわば「歴戦の勇士」たちでしたよ。我々を集めては中国戦線の話などもよくしてくれましたが、脱線して下ネタにいくこともしばしばでした。

例えば、変な話ですけど僕らはまだ性体験なんて誰もないわけですよ。すると下士官たちはニヤニヤしながら「そうか、お前たちに女とどういうことをしたらいいか教えてやろう」なんてね。

それで、中国で女と遊んだ話を聞かせてくれるわけです。中国の女性とコトに及ぶのは簡単だ、靴を脱がして奪っちゃえばいいんだとか。

保阪　当時は中国でも纏足《てんそく》の風習が残っていて、纏足だと歩きにくいといわれますね。

西村　そう。それで、その後はどうするんですかと誰かが聞いたら、「殺すさ」と言うんです。そのときはよく意味もわからず聞いてましたけど、強姦のような話ですよ。ちょっと怖い話。そんなこと、まだ子どものような僕らに平気で話すんですから。

保阪　その下士官は武勇伝のつもりだったんでしょうけれど……。ところで、幼年学校では鉄拳制裁のようなことはなかったのですか。

西村　それがね、以前は上級生に鉄拳制裁をやられたらしいんですけど、僕らの代はそれが一切なかったんです。校長がみんなの前で「お前たちには制裁はしないから大丈夫だ」と言ったんです。でも、そのかわり何が悪いかはお前たち自身で考えろと。どうして急にそんなに優しくなっちゃったのか、そのときはわからなかったんですよ（笑）。後でわかったのは、我々は遠からずみなが死ぬ運命にあったからそのように扱われたということなんですね。

「どうせ、俺たちもみんな死ぬんだ」

保阪　ここでちょっと昭和二〇年の戦局をおさらいいたしますと、二月には米軍がフィリピンのマニラを奪還し、硫黄島に上陸します。本土空襲も激しくなり、三月一〇日にはおよそ一〇万人が亡くなったといわれる東京大空襲がありました。

西村さんが幼年学校へ入学した四月には、ついに米軍が沖縄本島に上陸してきて、日本軍は大がかりな特攻作戦を展開していた時期ですね。戦艦大和が沖縄へ出撃して九州の南方で撃沈されたのもこのころです。

六月に入ると沖縄守備を託されていた陸軍第三二軍の牛島満司令官が自決し、事実上沖縄戦が終結します。当時の日本は、いよいよ米軍が本土に上陸してくるという、本土決戦態勢下にあったわけですね。

西村　幼年学校の僕らの上の代までは、当たり前ですけど生徒の父兄が学校へ月謝を払っていたんです。ところが僕らの代からは無料で、逆にお金をもらっていたんです。

保阪　え？　そうだったんですか。

西村　給料として月五円が支給されたんですね。最初のうちはさすが、エリートは違うなあと喜んでいたんだけど、そうじゃなかった（笑）。要するに、僕らはじきに本土決戦で動員されて死んじゃうわけだから、新兵として扱われただけだったのです。当時、初年兵の給料は八円でした。

保阪　つまり、戦死したときの弔慰金も含めての金額だったわけですか……。

西村　そんなところですよ。当時、幼年学校内でも米軍が本土のどこへ上陸してくるのか話題になりましてね。米軍はおそらく相模原（神奈川県）あたりに来るんじゃないかと。そうすると、米軍はまっすぐ北上してきて、僕らの学校がある八王子あたりまできたら進路を東に変えて、宮城（皇居）を目指すのではないかと言われていました。

保阪　当時、連合軍側は日本が降伏しなかった場合の日本本土上陸作戦を計画していました。まず前哨戦として九州に上陸・占領して航空基地を確保（オリンピック作戦）し、それから相模湾、九十九里に上陸して東京を制圧する（コロネット作戦）というものです。西村さんたちはかなり正確に米軍の出方を読んでいたんですね。

西村　日本側はアメリカ軍がどう攻めてくるか、当時かなりわかっていたみたいですよね。まあ、僕らは相模湾から上陸してくる米軍の防衛に当たることになっていたんでしょう。

保阪　オリンピック作戦は昭和二〇年の一一月に実施される予定でした。もし何カ月か戦争が長引いていたら、西村さんたち幼年学校四九期生もおそらく……。

西村　本当にね、みんなバタバタと死んだでしょうね。我々なんかがアメリカ軍を防げるわけありませんよ。所詮は子どもなんですから。昭和二〇年も七月に入ると、僕らも正式に「東幼独立大隊」として編成されていたんです。これは戦後わかったことなんだけど。

保阪　僕らの世代ではよくわからないことなんですが、当時の西村さんにとって「義務づけられた死」というのは、どういう感覚だったのでしょうか。

西村　まあ、遠からず死ぬんだという感覚は本当にありましたね。「どうせ、この戦争で俺たちもみんな死ぬんだ」という気持ちです。ただ、死ぬことが怖いという感覚はあまりありませんでした。

保阪　死ぬことが怖くなかった？

西村　怖いと思ったことはなかったなあ……。そもそも、「死ぬ」ということがどういうことかもよくわかっていない年齢だったですから。

米軍機の機銃掃射に逃げ惑う

保阪　当時の軍隊は天皇の軍隊でした。西村さんたちは「天皇のために死ね」と教育されませんでしたか。

西村　それが、そう言われたことは一度もありませんでした。「陛下をお守りしろ」とは言われましたが。

保阪　僕らは昭和一四年の生まれなので、小学校に入学したのは戦後の昭和二一年でした。今でもはっきりおぼえているのは、学校で先生から「日本は悪い国だ」と教えられたことです。少し上の学年では戦争中の教育を受けてますから、みんな歴代一二四代の天皇の名前を暗唱させられていたのに、戦後の小学校では「そんなものはおぼえる必要がない」と。

西村　神武、綏靖、安寧、懿徳……。僕らは全部言えたけど（笑）。

保阪　校庭には御真影を安置する奉安殿が残っていましたが、あるとき先生たちがツルハシかなにかでそれを一生懸命壊しているんですよ（笑）。

西村　僕の記憶でも小学校には奉安殿があったけど、幼年学校にはありませんでしたね。

保阪　それは意外です。でも、軍人勅諭[5]などは全部暗誦させられたんでしょう。

西村　いや、全部ではなくて、五カ条分ぐらいでした。

幼年学校というとガチガチに教え込まれるイメージがあるかもしれませんが、わりとそうでもなかった。

保阪　そうだったんですね。やはり西村さんがおっしゃるように、本土決戦で動員されることになっていたから、ある種の恩情があったのかもしれません。

ところで、軍事教練はどんなものでしたか。

西村　ひとりひとり小銃を持たされるのは二年生からなんです。僕ら一年生は体験だけでした。午後の教練はほとんどが体力づくりでした。

昭和二〇年はあちこちが米軍の空襲を受けていましたが、なぜか幼年学校のあたりはなかった。た

5　**軍人勅諭**　一八八二（明治一五）年に明治天皇が下した、天皇と軍人の直属関係を明示した勅諭。軍の統帥を天皇が直接行うことや、忠節・礼儀・武勇・信義・質素といった軍人の徳目が五カ条で示された。

だ、たびたび米軍機がやってきて機銃掃射を受けましたよ。硫黄島が陥落すると、そこを基地にして米軍の陸軍機が飛んでくるようになったんです。いきなり山の向こうからやってきてバリバリバリと撃ってくるから、僕らは逃げ回るだけ。一度、二年生が軽機関銃で応戦しましてね。そしたら弾が米軍機に確かに当たったんだけど、何事もなかったかのように悠然と飛んでいきました。米軍機は装甲がしっかりしているから、口径の小さい機関銃じゃきかないのです。

いよいよ危なくなってきたからなのか、学校の裏山に山小屋みたいな生徒舎をつくるというので、僕らがそのための資材運びを手伝わされたこともありました。

保阪　武器の扱い方などは習わなかったのですか。

西村　手榴弾を投げる投擲《とうてき》訓練なんかはやりました。ただね、こういう話を戦後、左翼系の人たちにすると、必ず「あなたたちは人殺しの練習をしていたんじゃないか」と難詰されるのが嫌でしたね。確かにそうなんだけど、面と向かってそう言われると……。

八月二日の空襲と同期生の「名誉の戦死」

保阪　昭和二〇年の七月には米英ソの首脳会談がドイツのポツダムで開かれ、戦後処理をめぐる話し合いが行われました。ドイツとイタリアはすでに敗戦を迎えており、枢軸国側では日本だけが戦争を継続している状況でした。

七月二六日には米英中三国による対日降伏勧告、いわゆるポツダム宣言が日本に対して発せられました。日本の主権は本土四島に限定されるとか、軍の武装解除や戦争犯罪人の処罰といった条件に軍部が強く反発して、当時の**鈴木貫太郎**[6]内閣はこれを「黙殺」すると発表したんですね。

こうしたなか、西村さんたちの日常はどんなものだったのでしょう。

西村　ちょうどそのころでしたけど、外出が許されたんです。終戦前の、最後の外出でした。みんな自宅に帰るわけだけど、このときは生徒監から、家で父母に会ったらこれが最後の外出だからもう会えないと伝えなさいといわれました。要するに、僕らは本土決戦で死ぬことになるから、最後のお別れをしてきなさいということだったんですね。

自宅は荏原町小山（現在の品川区小山）にあったんですが、僕が自宅に戻ると近隣の人たちが大勢押しかけてきてね。幼年学校の生徒が町内から出たということで、町内会長までやってきて「立派なものだ」なんていわれて。

保阪　将来は将官になるような人ですものね。西村さんは、遺書などは書かれたのですか。

6　**鈴木貫太郎**（すずき・かんたろう　一八六七～一九四八）　軍人（海軍大将）・政治家。海軍次官、軍令部長を経て侍従長・枢密顧問官となり、側近として昭和天皇を支えた。二・二六事件では襲撃対象となったが一命を取り留める。太平洋戦争末期の一九四五年四月に首相となり、戦争終結に尽力した。

西村　遺書は特に書きませんでしたけど。ただ毎日、日記をつけていました。まあ、反省日記みたいなものです。筆で、書くんです。

保阪　それは生徒監の先生に見られるわけですよね。それだと、戦争が怖いとか軟弱なことは書けませんね（笑）。

西村　ええ。ただ書き方みたいなものがあって、戦陣訓の五カ条を基本にして、今日はこれができなかったので反省します、とか書けばいいの。

保阪　アメリカのB－29による空襲はどうでしたか。

西村　それは一度だけ、八月二日にありました。

保阪　八王子空襲と呼ばれるものですね。この日の未明にB－29一六〇機以上が八王子一帯を襲い、二時間たらずの間に焼夷弾を一六〇〇トンも投下したといわれます。この量は同年三月一〇日の東京大空襲とほぼ同じですから、いかに凄まじい空襲だったのかがわかります。この空襲で八王子市街の八割が焦土となり、死傷者も二〇〇〇人を超えたほどでした。

西村　真夜中に空襲警報が鳴ったんですが、何ごともなさそうだったのでみんな生徒舎で寝ていたんです。すると、突然爆発音がしたので飛び起きて窓の外を見たら、真っ赤な炎が見えたんです。それでこれは空襲だとわかり、まだ寝ている同室の生徒を叩き起こして外に出ました。新型の焼夷弾で、細長い物体のまま落下してきて地面に突き刺さると、しばらくしてバーっと燃え出すのです。

防空壕はもう一杯で入れず、僕らは校庭の中の小高い丘にあった神社に避難して助かりました。そこから、眼下の学校が炎に包まれているのをただ呆然と眺めるしかありませんでした。結局、幼年学校敷地内の体育館や病院施設なんかは全焼の状態で、施設を覆っていたあの高い塀だって壊れたほどでした。

保阪　亡くなった生徒さんもいたんですか。

西村　一〇人ほど亡くなりました。生徒が七人、先生が三人です。同じ一年生では一名だけそのときに亡くなっています。

名前は及川という生徒で、僕はクラスも違ったから話したこともないんだけど、名前は今もはっきりとおぼえています。なぜかというと、彼は支給された短剣を逃げるときに忘れたことに気づいて、燃えている生徒舎にそれを取りに戻って死んだんです。僕らは入学後、全員に短剣が配られて、これは天皇陛下からいただいた大事な短剣だから、どんなことがあっても肌身離さず腰に帯刀していなくちゃいけないんです。ですから、及川の行動は大変立派である、名誉の戦死であると校長も後でみんなの前で誉めていましたよ。ちなみに彼の遺体は学校内で荼毘に伏しまして、戦死ということで靖国神社[7]に

7　**靖国神社**　一八六九（明治二）年、明治天皇の発議で招魂社として千代田区九段坂上（東京）に創建され、七九年に靖国神社に改称。旧別格官幣社として陸海軍が所管し、明治維新前後の殉難者、戦役・事変における国事殉難者約二四七万柱を合祀する。戦後は単立の宗教法人となった。

祀られることになりました。

「怪しいヤツが来たら斬れ」

保阪　身近な人が空襲で亡くなったことは、どんな感覚でしたか。怖かったとか。

西村　そうですね、空襲が怖いというよりも、見てろよ、いつか仲間の仇を討ってやるぞ、という気持ちでした。

保阪　空襲体験というのは、個々の人々の戦争に対するイメージに大きな影響を与えたと思います。僕は北海道でそのころ五歳でしたけど、飛来してくるB－29の銀翼や空襲警報の音、防空壕などは鮮明な記憶として残っています。

　ただ、地域によって大きな違いがあるんですね。やっぱり東京や大阪といった大都市で空襲が激しかったところの人は、恐ろしい体験として記憶しています。でも、空襲がなかった地方の人たちからすると、あまり実感がないということになります。

　あの戦略爆撃を指揮したのは司令官の**カーティス・ルメイ**[8]という人です。ルメイは爆撃の効率化を徹底して研究し、東京大空襲などはグルッと周囲をまず爆撃して火災をおこし、逃げられなくしてからその中心に爆撃を集中するという冷徹なものでした。彼には戦後、日本の航空自衛隊の育成に協力したことで日本政府が勲一等旭日大綬賞を授与していますが、自国民があれだけ悲惨な目にあっているのに、こんなバカな話はないと思いますよ。ただ、ルメイはその後パーティーなどにいろんな勲章を下げて出席していたそうですが、日本からもらった勲章はあえてつけなかったといいます。彼なりの良心だったともいわれています（笑）。

ところで、空襲の後も学校は普段どおりなんですか。

西村　さすがに午前の授業は中止で、裏山に建設した山小屋のような生徒舎に寝泊まりしながら、教練はやりましたね。学校の施設は大半が燃えちゃったんですが、食料などの軍需物資を保管してある地下倉庫というのがありましてね。これを守らなきゃいかんということで、一年生も駆り出されて交代で二四時間、歩哨に立つことになりました。

保阪　なるほど、倉庫の物資が盗まれるといけないから。

西村　そう。このときに昭和刀という、大量生産された鍛造されていないやわらかい刀を手渡されて、これで怪しいヤツが来たら斬れというんです。塀がところどころ空襲で壊れたもんだから、そこから地方人が盗みにくるかもしれないということで。

8　**カーティス・ルメイ**（一九〇六～一九九〇）　米陸軍軍人。高度な精密爆撃戦術を考案し、対日戦では東京大空襲や原爆投下を指揮。一九六一年に米空軍参謀総長。日本の航空自衛隊発足に際しその育成に協力したことから、勲一等旭日大綬章を授与された。

でもね、「一億総特攻」だとか、軍民は「共生共死」だとか表向きは言っていたのに、一般市民を泥棒扱いするのはどういうことなんだと、子供心に違和感をおぼえましたね。こんなことで、本当に軍民で力を合わせた本土決戦ができるんだろうかと。

保阪　西村さんの言う通り。僕も、実際には本土決戦なんてできなかったと思いますよ。このころは防衛召集といって対象が下は一七歳、上は四五歳まで拡大されていましたが、四〇代で召集された方に以前話を聞いたら、歩兵銃が足りなくて支給がなかったと言ってましたから。銃どころか、軍靴、靴下すらなかったと。

西村　銃は全兵士の三割分ほどしかなかったと聞きました。

保阪　この年の四月に、参謀本部は本土決戦に備えて国民に戦い方を説く「国民抗戦必携」なる冊子を配布するんですが、ここに書かれている内容がまたすごいんです。アメリカ兵と肉弾戦になったら、竹槍で相手の腹部を刺せとか、家にある鎌とか出刃包丁を武器にしろとか……。挙げ句の果てには、アメリカ兵は日本人に比べて体が大きいから、股間を蹴り上げるのが有効だと。

アメリカ側が日本本土上陸作戦に当てようとしていたのは対ドイツ戦を戦った後に数カ月間、しっかり休養させた精鋭中の精鋭部隊でしたから、それを相手に素人が鎌や竹槍で戦おうなんてとても無茶な話ですよ。

西村　日本軍がダメだったのは、兵隊にほとんど休養を与えなかったことですよね。おまけに兵站を軽視したから、兵士は消耗するしかない。

玉音放送と「東條のバカヤロー」

保阪 八月二日の空襲の四日後には、広島に原子爆弾が投下されましたね。

西村 当時は「特殊爆弾」と呼んでましたけど、広島の次に長崎（八月九日）でしょう。当時、今度はいよいよ東京に特殊爆弾が落とされるぞという話になっていて、僕ら幼年学校の生徒も近くの山に登らされ、東京の方をみんなで一心不乱に眺めていましたよ。もし特殊爆弾が落ちても、毛布さえかぶっていれば大丈夫だといわれて。

保阪 それでどうしたんですか。

西村 結局、何事もなかったので山を下りました（笑）。

保阪 八月一五日のことはどう記憶されていますか。

西村 正直、あまり記憶がないんですよ（笑）。ただ玉音放送をみんなで聴いて、あ、これで戦争に負けたんだということはわかりました。誰ともなく、「東條のバカヤロー！」って叫んでいましたね。あいつのせいで負けたんだと。みんな、自分たちの気持ちのやり場をどうしたらいいのか、わからなかったんでしょうね。

保阪　幼年学校でも東條さんは人気がなかったんですか。

西村　一応、彼も東幼の先輩に当たる方なんですけどね。ただ、やたら細かいことを言う人だし、あちこちで演説しては「精神力で勝て」みたいなことを言ってたでしょ。そりゃ勝ち戦のときはそれでもいいんだけど、物理的に負けているのに精神力でなんとかしろというのは無茶ですよ。

保阪　よくわかります。逆に、人気のあった軍人は誰だったんでしょう。

西村　当時の陸軍大臣だった阿南惟幾さんとか。あと**石原莞爾**[9]も人気ありましたね。

　そうそう、終戦の日のことでおぼえていることがあるんですが、その日は気持ちの整理もつかないまま生徒舎で寝たんです。その翌日だったか、ある同級生のところに航空士官学校を出た先輩が訪ねてきて、自分たちはこれから敵に突っ込むから後を頼んだぞと言われたという話を聞かされました。僕は直接会ってないんだけど、その人が本当に突っ込んだのかどうか、今でもふと思い出します。

保阪　やはり日本が負けたということは西村さんたちにとってショックだったんでしょうね。

西村　そうですね。ただ、しばらくは今まで通り、毎日教練があって体操などやっていたんです。校長の訓話は「これからアメリカ軍がやってくるが、もし陛下に失礼なことをしたらお前たちが戦って陛下をお守りしろ」というもので、そのために体を鍛えろと。

保阪　八月も末になると、進駐軍が続々と上陸してきます。**GHQ**[10]（連合国軍最高司令官総司令部）のマッカーサーがコーンパイプを片手に厚木飛行場へ降り立ったのも八月三〇日でした。西村さんはいつ家に帰れたのですか。

西村　遠方の生徒から順に自宅へ帰されまして、僕は東京だったから一番最後で。八月の終わりころだったと思います。

　これは後でわかったんですが、僕らが最後まで残されて体操をさせられていたのは、校長が言っていた「アメリカ軍と戦う」ためじゃなかったんですよ。幼年学校には軍需物資がたくさんあって、連日のようにトラックが来てどこかに運び出していました。我々もそれを倉庫から運び出すのを手伝わされました。生徒監は僕らに「臥薪嘗胆だ」なんて言ってたけど……。

父と闇米を買いに埼玉へ

保阪　それは貴重なお話です。僕も当時の関係者から話を聞いたんですけど、軍の基地に膨大な軍需

9　**石原莞爾**（いしはら・かんじ　一八八九～一九四九）軍人（陸軍中将）。日蓮宗の信仰に基づく独自の軍事思想（世界最終戦論）を唱え、関東軍参謀時代に武力による満蒙領有を計画し、満州事変と満州国建国を主導。参謀本部作戦部長時に日中戦争の不拡大を主張して左遷され、一九四一年に予備役編入となるが、その後も日・満・中の一体化をめざす東亜連盟運動を率いた。

10　GHQ　一九四五年一〇月、連合国軍最高司令官マッカーサーの下に設置された総司令部。占領期間中はGHQの指令に基づき日本政府が実施する間接統治となり、大日本帝国憲法の改正などさまざまな改革を指示した。

物資が終戦後もそのまま残っていたのが、いつの間にやら持ち出されてしまったそうですね。ある人物から聞かされた話では、それらの物資の多くが、戦後に名をなした企業などに流されたというのです。真偽はわかりませんけれど、これも昭和史に残された謎のひとつかもしれませんね。

さて、話を戦後に転じましょう。そのままいけばエリート軍人になるはずだった西村さんも、あの敗戦で人生を大きく変えざるをえなくなった人のひとりだと思います。しかも西村さんは焼け野原になっていた東京で戦後を出発されたわけですよね。

西村　復学できたのは終戦の翌年でした。とにかく家族で食べてかなきゃいけないから、米軍基地で働きましたよ。というか、当時働けるところなんて米軍基地関係の仕事しかありませんでしたから。

保阪　それはどんなお仕事を。

西村　荷物運びです。品川や大崎、五反田あたりにも米軍基地があって、そこでの荷役をやりたい者はどこかの橋の上とかに朝集合するのです。すると米軍のトラックがやってきて、それに乗って基地へ行くんですね。

米軍の仕事は人気があって、なぜかというと給料以外に缶詰だとか余った物資をやたらくれるんですよ。イギリス軍の基地でも似たような仕事があるんですが、イギリス人はケチだから何もくれない（笑）。みんな、英軍基地には行きたくない、米軍基地で働きたいと。

保阪　昭和二〇年の暮れには小川菊松さんの『日米會話手帳』が大ベストセラーになりました。戦争中は英語は敵性語だと言っていたのに、戦後は一転、これからは英語だということで（笑）。西村さんも英語を勉強されたんですか。

西村　これも「日英」じゃなくて「日米」（笑）。在日米軍向けの英語ラジオ放送（ＦＥＮ）なんかも始まって、僕も勉強しましたけどあまり上達しませんでしたね。アメリカ英語特有のスラングばっかりおぼえちゃったりして。

保阪　食糧事情だって大変でしたでしょう。

西村　農家への**闇米**[11]の買い出しは、父親にくっついてよく行きました。僕らが行ったのは埼玉の方で、お金を見せてもなかなか相手がうんと言ってくれなかったですよね。それでやっと米かサツマイモを手に入れても、帰りの途中の赤羽駅あたりで警察が闇米の取り締まりをやってるんです。だいたいこっちもどこにどう警察が張ってるかわかってるから、事前にみんなバーっと逃げちゃうんだけど。だって捕まったら苦労して手に入れた米なんか全部とられちゃうんだから。

保阪　僕と同い年で東京あたりに住んでいた知人に聞くと、みんなあのころの農家への恨みつらみを言いますね。母親が大事にしていた着物なんかを持って行って米に換えてくれと頼むんだけど、ほんの少ししか分けてくれなかったとか。

11　**闇米**　一九四一年から米は配給制となり戦後もしばらく継続されたが、一九四五年は記録的凶作も伴って米不足が深刻となり、農村への買い出しや闇市で米が取引された。これらの米は食糧管理法に違反するため、闇米と呼ばれた。

西村　新聞なんかにも、農家を批判する投稿なんかよく載ってました。でも、農家は農家で「こっちだって米はないんだ」と（笑）。でも当時は餓死なんて普通にありましたからね。

保阪　ＧＨＱの予測でも、昭和二〇年暮れから二一年にかけて日本で一〇〇〇万人もの餓死者が出るというほどでしたから。

僕は北海道でしたから事情は違いますが、朝鮮戦争が始まると鉄くずがお金になるというので、どこかからでっかい磁石を借りてきてそれを引きずってクギなんか集めてる器用なヤツがいました（笑）。闇市なんかも行かれましたか。

西村　テキ屋の親分で有名な、関東尾津組の尾津喜之助が新宿に開いた「尾津マーケット」（新宿マーケットとも）という大きな闇市がありました。よくそこで今川焼を食べたなあ、確か三個で二〇円でした（笑）。ヌード写真も闇市で売られてたけど、ものすごく高くてとても買えませんでした。この尾津さんという人は面白い人で、昭和二二年には「光は新宿より」なんてキャッチコピーで衆院選に立候補してるんですよね。落選しちゃったけど。

本の楽しさを教えてくれた先生

保阪　外地にいた兵士たちの復員も始まって、街には募金を呼びかける傷痍軍人の姿が多かったですよね。

西村　山手線に乗るとひとつの車両にかならず白衣姿で募金箱を持った傷痍軍人がいて、「私は何々分隊におり、ニューギニアにおりました」とか、大声で演説しながら義足を見せたりね。それ見ると悲しくなってくるんですよね。

保阪　戦後の風景ですよね。ちょっと脱線気味になりましたが、戦後の西村さんの歩みに話を戻しましょう。

西村　戦争が終わって日本の軍隊は解体されましたから、我々も一般の旧制中学などへ転部することになりました。僕は昭和二一年から鮫洲にあった都立工業専門学校（後の東京都立大学。現首都大学東京）に通うことになりました。

この学校の創立者で校長だったのが清家正さんという人で、二〇一七年まで二期慶応義塾長を務めた清家篤さんの祖父にあたる人物なんです。これがヒトラーの崇拝者で、生徒の僕らにドイツ語で「菩提樹」なんかを合唱させるんです。確か一時期、**公職追放**[12]に引っかかって追い出されちゃったんです。

保阪　当時は結構、学校の教員も公職追放されていましたよね。

12　公職追放　ＧＨＱが一九四六年から軍国主義者や国家主義者を公職から排除するためにとった措置。その後戦時中の政治家や財界人、言論人にまで対象が拡大され、一九四八年までに二〇万人以上が追放された。一九五二年のサンフランシスコ講和条約発効により全面的に解除。

西村　学校もかなり混乱していて、生徒の方が先生より強くて、みんなで試験をボイコットしてつぶしちゃったりね。学校で試験をやったことは一度もなかったですよ。勉強もほとんどせずに、みんなで野球やったりしてました。

保阪　西村さんのような幼年学校出身者の方々は肩身が狭いということはありませんでしたか。僕の経験でも、町の映画館にニュース映画を観にいったりすると、日本の戦闘機が米軍機に撃墜されるシーンで先生が拍手するのです。要するに、日本の悪い軍国主義を倒したアメリカは正しいという意味なんでしょうけれど、子ども心に不思議な感じがしましたよ。

西村　軍国主義は悪いかという論争はよくやりましたね。「悪いに決まってるだろ」と言われると、何も言い返せなくなっちゃう（笑）。

国語の教師で、「エノケン」ってあだ名で呼ばれていた先生がいたんですよ。この先生が芥川賞を目指して小説を書いていたんです。お前も協力してくれと言われて、わら半紙に原稿用紙のマスをガリ版で刷るのをよく手伝いました。当時は原稿用紙なんて手に入らないから。

このエノケンからはよく「お前も本を読め」といわれ、それからですかね、僕も意識して本を読むようになったのは。それまでは、作家なんてバカにしていたぐらいだったんです。かわいそうに、とうとうエノケンは芥川賞とれなかったけど（笑）。

保阪　でも、教え子から西村さんという大ベストセラー作家が生まれたのですから、先生も本望じゃないですか（笑）。

戦後まもなくの大ベストセラーといえば、田村泰次郎の『肉体の門』（一九四七年）でしたよね。パンパン（進駐軍兵士を相手にする御娼）が主人公で、当時の荒廃した世相が舞台の作品です。

西村　読みましたね。みんな競うように読んでました。当時は紙が悪かったからやたら分厚い単行本でしたけど、やはり読んで何か解放されたような感じがしましたよ。

保阪　パンパンなんて若い人は知らないだろうけど、僕が見たのは小学校二年生のときですよ。北海道にも米軍が進駐してきて、米軍のジープとすれ違ったときにキャンディーやガムをばらまいてくれたので、あわてて拾おうとしたら一緒にいた父に「みっともない真似はやめろ」と手を叩かれました。このころ、街中で米兵と腕を組んでいるパンパンを見かけましたね。

西村　僕はそのころ仙川（東京都調布市）に住んでいて、近所にいた若い女性の家に米兵がよく遊びに来ていましたよ。

保阪　他にはどんな作品を読まれましたか。

西村　太宰治なんかもこのころ好きで読みました。愛人と入水自殺して亡くなるのも昭和二三年でしたね。野間宏の『真空地帯』（一九五二年）とか、坂口安吾、石坂洋次郎とか。

当時は本を買うのも大変で、どうしても買いたい本が出ると神田の三省堂に並んでましたね。古本だってなかなか手に入らない時代でしたから。

保阪　あのころは貸本屋で本を借りて読むのが一般的でしたよね。
西村　そうそう。お袋が好きでよく借りてたのが小島政二郎の『三百六十五夜』とか、川口松太郎の『愛染かつら』といった恋愛物で、読まされましたよ。あと、時代物とかね。

できたばかりの人事院に就職

保阪　それから西村さんは人事院に就職されますが、公務員を目指していたんですね。
西村　学校を出ても、とにかく民間の就職先がなかったんですよ。財閥系企業もＧＨＱに徹底的に解体されていた時期でしたから。
　このころ官僚制度や行政機構も再編の真っ最中で、特にＧＨＱの強い意向から臨時人事委員会、後の人事院という新しい役所が設立されまして、その初めての国家公務員試験が行われたんです。その募集要項を見たら、いかにもアメリカ的というか、年齢も学歴も不問でした。これなら自分にも可能性があるかもと思いまして、受けてみたら合格です。試験官もアメリカ人でしたね。
保阪　庁舎は霞ヶ関ですよね。
西村　警視庁の隣にあった旧内務省のビルで、当時は人事院ビルと呼ばれていました。学校を卒業してそこで働き始めたのは昭和二三年からです。結局、作家を志して退職するまで一一年ほどいました。

保阪　日本が連合国の占領下にあったのは六年八カ月でしたが、西村さんが人事院に入られた昭和二三年というのがひとつの節目ですよね。それまではＧＨＱ内の民政局（ＧＳ）が日本の民主化改革を主導してきましたが、国際情勢としては米ソ間の冷戦体制がこのころに始まります。国民党と共産党で内戦が続いていた中国でも、このころに共産党勢力の優勢が明らかになりました。

ＧＨＱ内部でも、共産主義勢力の浸透を防ぎたい参謀第二部（Ｇ２）が次第に力を持つようになり、占領政策も、はやく経済を復興させて日本を「反共の砦」にする方向に舵を切るわけです。

このころの人事院のお仕事はどんな感じでしたか。かなり忙しかったのではないですか。

西村　いや、結構ヒマでした（笑）。そもそもアメリカの役所を真似て新設されたところだから、仕事の方針などは全部英語で資料がくるのです。それを外務省で日本語に訳してから人事院にくるものだから、その間は何もやることがない（笑）。

とにかく、これからの役人というのは公務員なんだ、公務員というのはパブリック・サーバントでなくてはならないんだ、ということをアメリカ人から強く指導されたのをおぼえています。同一労働は同一賃金（イコール・ペイ・フォー・イコール・ワーク）とか。

最初のころはどっさり資料渡されて、それ読んでもよくわからないんですよ。それで後ろの方で資料に落書きなんかしていたら、「わからなくてもいいから話は聞け」なんて怒られたりして（笑）。

保阪　毎日、背広で通勤されていたのですか。

西村　当時は背広を買うお金もないですから。戦時中に制定された国民服ってあったでしょ。あれを黒く染めて代用してましたね。革靴もないからサンダル履きで行ったり。みんな身なりはそんなものでした。

ただ職場の雰囲気はアメリカ的というか、わりと自由な感じでしたよ。職場にはいろんなクラブができて、例えば社交ダンスクラブとか美術クラブなんですけど、霞ヶ関のビルの屋上とかに集まって習ったりしていました。

面白かったのは、昭和二五年に朝鮮戦争が始まって、ちょうどそのころに**レッドパージ**[13]も始まるんですね。官公庁でも結構職を追われた人がいて、隣の席にいた人が急に来なくなったり。みんなで「彼は共産党員だったからどこかに隠れたんじゃないか」なんて言い合ってましたね。

保阪　西村さんが専業作家を志して人事院をお辞めになったのは昭和三〇年代半ばのころですね。退職して三年後には文藝春秋のオール讀物推理小説新人賞を受賞してデビューされたわけですが、かなり順調な出発ではないですか。

西村　いやあ、そうでもないですよ。実家に仕送りもしなきゃいけないし、母には役所を辞めたことを隠したほどです。

昭和三三年に松本清張さんが『点と線』を出してベストセラーになりましてね。すぐ読んでみて、ああこれならオレにも書けると（笑）。それから片っ端から懸賞小説に応募したんですが、まったく鳴かず飛ばずの日々が続きました。実家にお金も入れないといけませんから、アルバイトを転々としながらひたすら原稿書きの毎日ですよ。

探偵業は推理小説の役に立たず

保阪　そのころはどんなアルバイトを。

西村　いろいろやりましたね。競馬場の警備員だとか、東販（東京出版販売。現トーハン）の倉庫で書店から返品されてきた雑誌の仕分けとか。一番印象に残っているのは私立探偵事務所ですね。

保阪　ほう、探偵を。推理小説にぴったりですね（笑）。

西村　この話をするとその経験が推理小説に役に立ったんじゃないかってみんなから言われるんですけど、実際はまったくなりませんよ（笑）。よく仕事で受けたのは「旦那が浮気してるようなので調べてほしい」という依頼でしたね。それで、依頼者の旦那さんを毎日尾行して写真を撮ったりとか。面白いのは結婚調査でしたよ。だいたい若い女性のお母さんが依頼してくるんだけど、ウチの娘が変な男に引っかかってるみたいだから調べてほしいというケースが多かったです。これも、相手の男

13　**レッドパージ**　冷戦の開始を受け、ＧＨＱが一九五〇年、日本共産党幹部の追放を皮切りに公職だけでなく民間企業へも共産党員とその同調者の排除を指示し、一万人以上が職場から追放された。

の素性を調べてお母さんに報告書を出すわけですが、たいていのお母さんは先に結論が決まってい
て、この男とは結婚させたくないという雰囲気なんですよ。だからこういう場合、調べたら実はとて
もいい人でしたって報告しても、なかなか納得してくれない（笑）。

保阪 そうでしょうね（笑）。じゃあ、いかにも悪い男のように報告書をつくるんですか。

西村 いえ、調査したままのものと、悪く書いたものの二通、作成します。「どちらを使ってもらっ
てもいいですから」って言って（笑）。

保阪 そうか、どうしても結婚を阻止したいお母さんなら、悪く書かれたほうを旦那さんとかに見せ
て「ほらね」とか、やりそうですね（笑）。

西村 楽なのは、企業から採用しようとしている学生を調べてくれという身上調査でした。だいたい
学生運動に関わっていたかどうかを調査するんだけど、これは学生の出身大学の先生とかに直に確か
めるしか方法がない。そうすると、たいがいの先生はその学生がたとえ学生運動をやってたとしても、
「してない」って言うに決まってる（笑）。それ以上調べようがないから、そのまま報告書をつくりま
す。この調査は当時の相場でひとり当たり五〇〇〇円と安いけど、調査としては楽でした。

保阪 当時はその手の身上調査は多かったでしょうね。給料もよかったのでは。

西村 そうでもなくて。なかには悪いヤツもいて、ある人物の調査をして浮気とかがわかったら、そ
れを依頼主じゃなく調査対象者のほうに見せて、恐喝するんです。依頼主からは定額しかもらえない

から、そうやって稼ごうとするヤツがいるんですよ。僕のいた事務所でも何人かそれで警察沙汰になりました。

探偵事務所にいる調査員って、当時の話ですけど、わりと社会で失敗してここに流れ着いたという人が多かったですね。

そこの事務所には僕らのようなアルバイト探偵がたむろする部屋があって、僕らの面倒をみてくれる女性の事務員がひとりだけいました。これがすごい美人でね……（笑）。ところが、後でわかったんですけどこの女性は社長のスパイで、僕らの動向を逐一社長に報告していたんです。探偵たちを「探偵」する人だった（笑）。この探偵会社の社長というのが、特攻の生き残りだったのですよ。

保阪 僕も昔、関係者から聞いたことがあります。元特攻隊員とか、陸軍で諜報要員を養成していた**陸軍中野学校**[14]の出身者が戦後、民間で興信所を立ち上げたケースがかなりあったそうですよ。

作曲家いずみたくと江田島へ

保阪 西村さんも最近の作品（『沖縄より愛をこめて』講談社文庫）で、沖縄戦と陸軍中野学校出身者

14 **陸軍中野学校** 陸軍省が一九三八年に設置した、防諜（スパイ防止）や謀略、遊撃戦（ゲリラ戦）要員を養成する機関。

のお話を書かれていますね。

西村　中野学校って、調べていくととても面白いですよね。

保阪　僕も取材した範囲でしかわからないけど、戦後にお会いした中野学校出身者の人たちはみなどこか屈折しているというか、クセのある人がほとんどでした。

これは珍しいんですが、中野学校出身者の子どもたちだけでつくられた二世の会というのがあるんです。二世ですからみんな昭和二〇年代以降の生まれなんですけど、たまたまある人物を介してその二世の会の代表をしている人にお会いしたことがあるのです。

そこでこの会には何人ぐらいいるのかとか、何のために会をつくったのかとかいろいろ質問をぶつけたんですが、代表はいちいち「その質問にはお答えできません」という。それは自分たちの秘密なんだと。そこまで秘密にしなきゃならない理由は、自分たちは中野学校出身者の二世だということで警察の公安から監視されていたからなんだそうです。つまり戦後もずっと、中野学校関係者が何かやるんじゃないかと恐れられていたんですね。

西村　確か、あのマッカーサーを暗殺する計画も一部であったとか。

保阪　当時の陸軍だと、前線で部隊が壊滅したら生存者も「生きて虜囚の辱めを受けず」の戦陣訓に従って自決を強いられたわけですけど、中野学校出身者はそうではなく、日本軍反攻のときまで敵地に潜伏して情報を収集しつづける「残置諜者」になれと教育されたんですからね。フィリピンのルバング島のジャングルに潜伏し続けて戦後二九年目に発見された**小野田寛郎**[15]さんもそのひとりでした。ところで、西村さんは幼年学校時代の同級生たちとはその後もお会いになったりしたんですか。

西村　昔はよく集まってて、僕も出席していましたよ。最近はもうほとんど亡くなってますから、しばらく行ってないけど。

保阪　みなさん、戦後はどんな仕事に就かれたんでしょうか。

西村　大概は一般の学校に戻って大学行ったり。大企業に就職した連中も多いですよ。

保阪　西村さんのように自由業に進んだ方は多いんですか。

西村　結構いますよ。直木賞作家で、日本推理作家協会の理事長もされていた三好徹さんは名古屋の幼年学校ですが、僕と同期です。二〇一三年に亡くなられましたが、読売新聞の記者から推理小説家に転じた佐野洋さんは海軍兵学校七八期、僕らと同じ最後の一年生でした。確か、三人で集まって当時の話をしたことがありました。

保阪　犯罪心理学を専門にする精神科医で作家としても知られる加賀乙彦さんも、幼年学校出身でしたよね。加賀さんにはご自身の幼年学校体験をモチーフにされたような『帰らざる夏』（一九七三年）

15　**小野田寛郎**（おのだ・ひろお　一九二二〜二〇一四）　陸軍軍人。陸軍中野学校二俣分校卒業後、遊撃戦指導のためフィリピンに派遣され、ルバング島に着任。終戦後も日本の敗戦を信じず、山間部で三〇年余り潜伏生活を続け、一九七四年に日本へ帰還した。

という作品もあります。

西村　加賀さんは名古屋の幼年学校で、昭和一八年入学ですから僕より二つ先輩です。僕は加賀さんとはお話ししたことないんですけど、いつだったか、どこかの雑誌で戦争体験に関する作品を募集していたことがあり、僕も幼年学校時代のことを書いて応募しようとしたんです。そうしたら、加賀さんに先に書かれてしまって。

僕なんか入学して四カ月しかいなかったでしょ。でも加賀さんは二年四カ月もいたから、加賀さんのほうがいろんな経験をしてるわけです。こりゃかなわないなと思い、僕は書くのをやめました。

保阪　例えば、西村さんよりずっと上の世代の元軍人たちと話をされたりしたことは。

西村　あることはあるんですが、あまり話があわないところがあって……。上の世代の人たちは、戦場体験を話すんですよ。僕らは戦争は知ってるけど、実戦に投入される前に戦争が終わってしまったから、戦場を知らないんですよ。だから戦場の話をされても、そうですかとしか言えない。

保阪　作家以外ではどんな方がいますか。

西村　意外と芸能界なんかもいるんですよ。坂本九さんの「見上げてごらん夜の星を」とかつくった作曲家で、参議院議員までやったいずみたくさんっていたでしょ。彼は仙台幼年学校でしたけど、僕と同期なんです。

保阪　へえ、そうなんですか。

西村　ＮＨＫの井川というアナウンサーも同期で、昔、海軍兵学校があった広島の江田島って島が瀬戸内海にあるでしょ。あそこにみんなで行こうということになって僕も行ったんだけど、海軍兵学校の跡地は今の海上自衛隊の学校になっていて。その前で、井川が「よし、陸軍の歌を歌おう」なんて言い出して、みんなで歌った記憶があります。思えばバカなことやってたなあ（笑）。
保阪　陸軍と海軍は昔も仲が悪かったけど、戦後もそうでしたね。海軍ＯＢは「陸軍のせいで戦争に負けた」、陸軍ＯＢは「悪いのは海軍だ」とソリがあわない。
西村　陸軍の連中で集まると、必ず海軍の悪口をみんな言い出しましたね。

あの戦争が忘却されることへの危機感

保阪　さて、そろそろまとめに入らないといけませんね。西村さんは有名な十津川警部シリーズなどトラベルミステリーの名手として知られていますけど、二〇一五年の「終戦七〇年」のあたりから、あの戦争を含めた昭和史をテーマにした推理小説をいくつもお書きになられています。
　例えば十津川警部の『暗号名は「金沢」』（二〇一五年）だと、警部の元に歴史的事実と異なる歴史が書き込まれた歴史書が届くところから物語が始まります。その「歴史書」では、広島に原爆が投下される一時間前に日本が降伏していたという、スリリングな導入です。

また『沖縄から愛をこめて』（二〇一四年）では沖縄戦が舞台で、主人公のフリーカメラマンがある陸軍中野学校出身者の訃報に興味を持つところから歴史ミステリーに読者を誘っていきます。

ほかにも、吉田茂やマッカーサー、終戦前後のできごとなど、拝読しましたが大変よく調べて書かれているなと感嘆するばかりです。どうして、こうした昭和史を推理小説の舞台にされるようになったのですか。

西村　そのころだったか、ずいぶん若い編集者が訪ねてきましてね。これ（居間のテーブルに置かれているB－29のプラモデルを指す）を見て、「この飛行機何ですか」って聞くんですよ。それで僕がB－29だって言ったら、「先生、B－29って何ですか？」って（笑）。

ついにB－29を知らない世代が出てきちゃったのかと、ちょっとガックリきたんですよ。

保阪　確かに、歴史を勉強しない子どものなかには、「日本は本当にアメリカと戦争したんですか」って質問する人もいるそうですから。

西村　ちかごろ雑誌を読むと、「アメリカと北朝鮮が戦争になったらどうなる」とか「尖閣諸島に中国が攻めてきたら自衛隊はどう戦う」という記事がやたら目につくんですよ。こういう記事が盛んに読まれるようになってきたというのが怖いところなんです。

国民が戦場に行くわけじゃないけど、次第にその気になってくるというか、国民全般に何となく「戦争やむなし」という気分が醸成されつつあるんじゃないかと思うんです。

昭和一六年に日米が開戦する前だって、やっぱり似たような雰囲気だったんです。「日米いざ戦わば」みたいな架空戦記ものがすごく流行っていまして、『少年倶楽部』[16]の「新戦艦高千穂」（平田晋策）とか、『幼年倶楽部』の「見えない飛行機」（山中峯太郎）なんか読んで、子どもはみんなアメリカなんか新兵器でやっつけちゃえーなんて。僕らも当時、戦争がどんなものか知らないもんだから、恐ろしさも何もないんですよ。

今の日本も、もう戦争を知ってる世代はほとんどいませんから、それなら自分なりに作家として少しでも伝えたいと思いまして。

保阪　僕もずいぶんあの戦争のことを聞き書きしてきましたけど、調べれば調べるほど、どうして日本人はあんな戦争をやってしまったのかと思いますね。

戦争というのは良い悪いは別にして、やはりその国の国民性のようなものがはっきりと出ますよね。例えば当時の陸軍や海軍の組織や作戦の立て方、戦い方なんかを見ていくと、どうも今に続くような日本人のいいところ、悪いところが浮かび上がってきます。

以前、アメリカ人のジャーナリストと話していたら、おたくの国はなぜあんなクレージーな戦争をやったのかというのです。クレージーとはどういうことだと聞いたら、あちらで刊行されてきた太平

16　**少年倶楽部**　一九一四（大正三）年に日本雄弁会講談社（現講談社）が創刊した少年向け月刊総合雑誌。大衆児童文学という分野を確立して昭和初期には発行部数一〇〇万部を称した。

洋戦争に関する本では、大半が日本軍の戦い方をクレージーだと形容しているからだとのことでした。まあ、例えば武器もろくにないのに最後に万歳突撃をして玉砕するとか、捕虜にならないで自死を選んだこととか、特攻攻撃のような戦い方を指しているのでしょうけれど。

したたかさのない日本人に戦争は不向き

西村　日本軍は兵士の命を粗末にしすぎましたよね。生きて苦しむよりは潔く死んじゃおう、死なせてやろうという。それを組織が許容していたんですから、およそ現代戦の戦い方じゃありませんよ。戦力差から負けるのがわかっていても、「大楠公精神」（楠木正成への尊称）だとかいって無理矢理突っ込ませて、何万人もの兵を死なせたりね。死ぬために戦っていたようなものですから。

僕もあるとき、**インパール作戦**[12]のことを小説に書きたいなと思って調べたことがあります。いろんな本が出ていて、特によくその実態が書かれていたのが高木俊朗さんの『抗命――インパール作戦　烈師団長発狂す』（一九六六年、文藝春秋）でね。まあ、これだけ書かれていたらしょうがないと思って、自分で書くのをあきらめたぐらいです。でもすごくこの本は面白くて、確かに日本の軍隊ってこんな感じだったんだろうと思いました。

保阪　インパール作戦に従軍した兵士には何人も話を聞いたことがありましたが、あの作戦を指揮した牟田口司令官の名前を出すと、みんな顔色が変わって「なんでアイツが畳の上で死ねるのか」「あいつと会ったら刺し違える」と激昂するんですよ。やはり「白骨街道」と形容されたほど酸鼻を極めた退避行でしたから。

あとアメリカ人がどうしても理解できないというのは、あんな戦い方を強いられて不満を持つ者だっていたはずなのに、ほとんどといっていいほど反乱が起こらなかったという点なんですね。

西村 やっぱり日本人は自分がどんな風に見られているか、気にしますから。だから、身近な組織のなかでがんばろうとするんでしょう。

あと、どんな組織でも親分子分みたいな体系ができちゃうんですね。戦後のフィリピンにあった捕虜収容所管理官が書いた本に出てくるんですが、当時の日本軍部隊の単位に班というのがありましたけど、どの班にも必ず親分と子分の関係があったと（笑）。モメ事があっても、とりあえずその親分格の人物を取り込んでおけば、自然に子分たちも言うことを聞くようになるのだと。

保阪 そういう人間関係はシベリアの捕虜収容所でもあったそうですよ。

西村 それに、日本軍というのはやたらに決戦主義でしたよね。「レイテ決戦」「沖縄決戦」だと。陸

---

17 インパール作戦 一九四四（昭和一九）年に行われた牟田口廉也中将指揮下の第一五軍三個師団による、インド北東部インパール攻略を目指した日本軍の作戦。日本軍は要衝コヒマを占領してインパールの連合軍を孤立化させようとしたが反撃を受け、補給のない日本軍は敗走し二万六〇〇〇名以上の戦死者を出し作戦は中止された。

軍だって最後は本土決戦でアメリカに一撃を与えれば講和してくるだろうという考えなんだけど、そもそもが**国家総力戦**[18]で行われている現代戦で「決戦主義」はおかしいんですよ。

物量で圧倒する相手に対してどう戦ったらいいか、「小よく大を制す」的な発想で参謀本部が行き着いたのが織田信長の「桶狭間の戦い」なんですから。**ガダルカナルの戦い**[19]でもそれをやって大失敗でした。昔の戦国時代のセオリーが、現代の戦争に応用できるという考え方が土台無理な話ですよ。

保阪 おっしゃる通りです。

西村 僕もあの戦争のことをいろいろと調べてみて面白かったのは、統制派のリーダーで皇道派の相沢三郎に殺害された陸軍省軍務局長の**永田鉄山**[20]っていますよね。この人が、日本人の性格が現代戦に不向きだと見抜いていたんですね。

保阪 永田といえば同期の岡村寧次、小畑敏四郎らと陸軍内の長州閥の打破などの改革を誓い合った、いわゆる「バーデンバーデンの密約」のメンバーですね。その後彼らを中心に一夕会がつくられて陸軍改革を押し進めていきますが、とりわけ永田は「高度国防国家」を目指し、国家総力戦体制の実現に奔走します。

西村 その永田が言うには、現代戦には「自治自律・自主独立の精神」「強い責任観念」「堅忍持久の資質」「強靭執拗な性格」などが兵士個々人に求められるんだけど、それが日本人には足りないと。

なぜなら、彼が欧州で見た第一次世界大戦では戦闘のあり方が一新されていて、機関銃などの兵器の革新により、兵は今まで以上に散開しながら機関銃を撃ち合う戦いがスタンダードになっていた。この戦い方だと、より個々の兵士の自立性が求められるわけで、それが、どちらかというと相互に依存しがちな日本人の気質では難しいのではないかという指摘なんです。

もはや密集状態での白兵突撃では、一方的にやられちゃうことになるんです。まあ、日本はその後の戦争でも白兵戦を展開して恐ろしいほどの被害を出すわけですけど。

保阪　そうなんですよね。もう理屈とか合理性じゃなくなって、一種の「霊的突撃」になってしまうんですよね。特攻だって、最初はアメリカの機動部隊と対峙できる戦力が日本にないから、やむを得ず空母の甲板に突っ込んで一時的にその航空作戦能力を止めるという話だったのに、それが「日本の若者がこれだけ大義に殉じたという歴史を残す」ということになって、正式な作戦として実行され続

18　**国家総力戦**　徴兵制による兵力動員に加え、武器弾薬や食料の生産・輸送も含めた、国家の人的・物的資源を総動員して戦われる戦争を意味する。第一次世界大戦でこのような戦争の形態が出現し、第二次世界大戦ではそれがさらに本格化した。

19　**ガダルカナルの戦い**　一九四二年に海軍が基地を設営していたソロモン諸島ガダルカナル島に米軍が上陸、日本軍は陸海軍共同で奪還を試みたが甚大な損害を出して翌年に撤退。

20　**永田鉄山**（ながた・てつざん　一八八四〜一九三五）軍人（陸軍中将）。ヨーロッパ駐在中に陸軍士官学校同期の小畑敏四郎、岡村寧次らと国家総動員体制の確立や人事刷新などの陸軍改革を決意（バーデン・バーデンの密約）し、帰国後は一夕会とそれを母体に形成された統制派の中心的人物となる。軍務局長就任後の一九三五年に、対立する皇道派の相沢三郎中佐に刺殺された。

けていく。論理の飛躍もいいところですよ。
西村　どう考えても、日本人というのは現代戦に向かない民族としか思えません。やっぱり中国とかヨーロッパの国々なんかと比べると、したたかさとかずるさが足りないんですよ。
　昔の中国の政治家で**汪兆銘**[21]という人がいましたよね。国民党政府で蒋介石に次ぐナンバーツーだった人物ですけど、蒋介石と対立して日本に近づき、一九四〇年に事実上日本の傀儡政権だった南京国民政府を成立させました。
　今の中国からしたら汪兆銘は国賊扱いされてるみたいですが、汪はこんな凄い言葉を残しているんです。「当時の世界状況ではどこの国が勝者になるかわからないが、自分は日本と手を結び、蒋介石はアメリカと、毛沢東はソ連と手を結んだ。これで、日本、アメリカ、ソ連のどこが勝者になっても、中国は大丈夫だ」と。
　こういうのが、本当のしたたかさなんですよ。
保阪　鋭いご指摘だと思います。今の日本を取り巻く国際情勢を見ても、日本はとにかくアメリカ頼みの一辺倒で今もそうですから、ちょっと心配ですよね。

21　**汪兆銘**（おう・ちょうめい　一八八三〜一九四四）　中国（近代）の政治家。日本留学中に孫文の中国革命同盟会に参加、国民党の要職を歴任し孫文の死後はその後継者と目されたが、蒋介石と対立。その後蒋と妥協して蒋汪合作政権を樹立。日中戦争勃発後は日本の傀儡政権であった南京国民政府の主席兼行政院長となった。

太平洋戦争期の日本の言論や熱狂は、第一次大戦のドイツとソックリですよ

池内　紀

Keywords
戦争と性
戦場のモラル
日本とドイツのプロパガンダ
日本人の精神構造
「神」と天皇
朝鮮戦争を喜ぶ大人たち
ナチズムへの熱狂
etc.

池内　紀（いけうち・おさむ）
1940年、兵庫県生まれ。ドイツ文学者・エッセイスト。『海山のあいだ』で講談社エッセイ賞、『恩地孝四郎』で読売文学賞、訳書『ファウスト』で毎日出版文化賞を受賞。その他おもな著作に『見知らぬオトカム—辻まことの肖像』『二列目の人生』『ドイツ職人紀行』など。町歩きの本に『ニッポン周遊記』『ニッポン旅みやげ』など。訳書に『フランツ・カフカ小説全集』（全6巻）、アメリー『罪と罰の彼岸』など。

伯父が書き残していた二つの記録

池内　保阪さんがお書きになった『戦場体験者　沈黙の記録』（二〇一五年）というご著書、拝読いたしました。これってタイトル自体にアイロニーがありましてね。沈黙という形の記録を残している人たちに、沈黙を破ってもらうという非常に厄介なお仕事をなさった、大変力のこもった本でした。

実は私の身内にも、この本と重なるケースがありました。旧陸軍の軍医だった人物がおりまして、やはり自身の戦争体験は語りにくかったのか、戦後ずっと沈黙していました。それが昭和三〇年に自分の経験を記録として公にしておく義務があると思って、本にまとめたんだけれども、思いもかけない批判を受けた。それ以来パッタリと、戦争体験について封印してしまったのです。

保阪　もう少し詳しくお聞かせいただけますか。

池内　その人というのは私の母の兄、つまり伯父です。私は父親がいなかったもので、二〇代から四〇代まで二〇年ぐらい、伯父が父親代わりというか、親子のような付き合いをしていました。

その伯父は長尾五一といいまして、京都帝国大学（現京都大学）を出てから軍医になり、軍医学校の教師とかいろいろやりまして、終戦時は軍医中佐でした。日中戦争では中国戦線にも出征していまして、中国大陸で一〇年近く過ごしてもいます。それで命からがらで帰ってきて戦後、国立病院の副院長になったのですが、公職追放で退職をよぎなくされました。その後は四〇代半ばに奈良で開業医になり、七〇代で亡くなりました。三〇年ぐらいの戦後の生活のほとんどを、伯父と私は一緒に過ごしたわけです。

軍医として戦場経験が豊富だったはずなのに、まさに「沈黙の記録」そのままの人でした。たまにテレビを一緒に観ているときに中国の地名が出てきたりすると、あそこは行ったなとかボソッと言うくらいで、いっさい戦争体験を私たち身内には語らなかった。ただ伯父の死後に、伯母が「これだけは価値があると思う」と見せてくれたのが、戦場での軍医の記録、特に戦死者・病死者といった死者の記録を伯父が非常に丹念にまとめた、ガリ版刷の本でした。伯父の遺品類はだいたい捨てたけれど、それだけは伯母が抱いて帰ったそうです。

伯父はそれを昭和三〇年にタイプ印刷にして、全国の大学とか軍医関係の人に配ったそうですが、関係者の間では「よけいなことをするな」という反応だった。つまり「名誉の戦死」の大多数が餓死のような有様だったという伯父の医学的な指摘が、戦死者の遺族に対して非常に失礼だ、軍の威信を傷つけるものだというわけですね。そういう状況でしたから、伯父の記録は社会から封印されてしまったのです。

どこかにそれが残っていないか、伯母が伯父の死後にあちこちの大学に聞いて回ったら、長崎大学医学部の図書館に一冊だけ残されていたことがわかった。そのコピーを、伯母が私のところに送ってきたというわけです。要するに、きちんとした本にして残してあげたいと思うが、それだけの値打ちがあるかどうか見てくれということだったんですね。

それは『戦争と栄養』というタイトルで、とても意味があるからぜひ活字の本にしましょうということになり、一九九四年に西田書店という小さな出版社さんが復刻してくれました。ほとんど宣伝もしなかったけど本が出た後でいくつか書評が出て、養老孟司さんも大変面白いということで書評をお書き下さいました。大変地味な本なのに、結局三刷までいったのでびっくりしました。

保阪　この本が、今お話になったものをまとめた……。まさに〝沈黙の記録〟ですね。

池内　これにはさらに後日談があります。伯父の『戦争と栄養』の復刻からずいぶんたってからのことですが、ある新聞社の記者から手紙が来ました。その方が朝鮮・中国の従軍慰安婦のことを調べていたら、たまたま『戦争と性』というタイトルの、一〇〇頁ほどの薄い本を図書館で見つけたのです。著者は「南部長生」となっていますが、明らかにペンネームですよね。

その本はある軍医経験者が、日本陸軍の将兵が日本国内や海外の戦地でどのように性を処理していたのかを自身の体験談をもとにまとめたものです。書きぶりからすると明らかにドキュメンタリーに近いもので、フィクションではない。読んでいくと、中国大陸を転戦している部隊の名前が出てきて、この部隊はここに慰安所があったという記述が出てきます。

その記者さんが本に書かれている部隊の移動をこまかく追っていったら、先ほどの『戦争と栄養』

に描かれているその動きとそっくりだということを突き止めたんですね。だから『戦争と性』を書いた「南都長生」とは、『戦争と栄養』の長尾五一氏ではないかということで、その本の復刻に関わった私を訪ねてきたというわけです。

私はそのペンネームを聞いたとたんにピンときました。伯父は奈良で開業医としてやっていたときに老人医学を専門にしていて、非常に早い時期から今後高齢化が重要な医学的問題になってくるだろうということで「長生会」という会を主宰していました。また「南都」は奈良を意味しますから、「南都長生」は明らかに私の伯父、長尾五一だと。

書きぶりはまったく軍人の文章で読みにくいものだけど、ウソは絶対書かない人だから、中身は絶対信頼できますと私はその記者にお答えしました。その『戦争と性』は伯父の専門でもなければ部隊の中でも自分がタッチしなかったことだから、ごく表面的に、ただその部隊の移動につれて慰安婦が移動するということとか、慰安所の実態などを見聞きした情報をもとに客観的に書いているわけです。記者さんによれば、この本に書かれていることが事実であるということであれば、資料として活用できるからということでした。

「従軍慰安婦」をめぐるトライアングル

保阪　記録ということについて思うんですが、従軍慰安婦の問題や仕組み、システムを論じるときに、視点がちょっと違うかもしれませんが、朝日新聞が誤報を書いたとか、吉田清治[1]が虚偽証言をしたということは、この問題の本質とあまり関係がないことだと思っています。つまり慰安婦問題の本質とは、「戦争と性」なんですね。

これは古代ギリシャ・ローマの時代から続いているわけで、歴史を通じて「戦争と性」について体系だってきちんと検証した本はあまりないと思います。たとえばある時期から戦争の勝者の側が勝手に敗者の側の女性を犯すとかいう、そういう問題も確かにあるけれど、一方で兵士たちが女性との交渉によって性病が蔓延したりすると、たちまちのうちにその軍隊は機能を失ってしまうのです。だから古代ローマ以来、「戦争と性」というのは、性病の拡大を恐れる軍が兵士の性を管理するという方向で展開していきます。そういった流れを、どの戦争のときはどうだとか、個別に検証する必要はあると思います。

二〇世紀に入った段階でいえば、ノルマンディー作戦でフランスに上陸した連合軍兵士が進軍していく先々に、業者がすすんで売春宿を開いていくんですね。でも、一週間もしないうちに廃止になったのだそうです。なぜならアメリカの女性解放運動家たちが、女性の権利を何だと思っているんだと声をあげてやめさせたからです。

ですから二〇世紀の「戦争と性」に関して見ていくときは、戦争の局面とその背景にあるそれぞれの国のシステムの達成度というか、どういう政治体制を持っていたかで、ずいぶん違います。たとえばアメリカの兵隊たちが性欲をおさえているかというとそうではなくて、性というのはお前たち個人の問題なんだという考え方があります。それに加えてアメリカでは「女性の権利」という考え方がすでに一定の世論として存在していたために、軍が兵士たちの性欲問題を解消するシステムとして施設をつくるということはすでに当時、難しかったということになります。

逆に言えば、そういう民主的なシステム・制度ではない国だと、かなり乱暴なケースがみられます。第二次世界大戦に関して調べてみると、「戦争と性」に関してきちんとしたルールがなかったのはドイツと日本、そしてソ連だったと思います。この三国は個別に調べると制度的な面で、ひと言でいえば「何をやってもいい」というようなものでした。

慰安婦問題に対して、日本での論じ方はかなり乱暴なところがあります。そういう制度があったこ

1　**吉田清治**（よしだ・せいじ）　一九八三年に『私の戦争犯罪』を著して、太平洋戦争下の朝鮮で慰安婦の強制徴用に自ら関わったと証言した。その後、証言内容の信憑性が問われ、吉田証言を記事にした朝日新聞などが二〇一四年に記事を取り消すこととなった。

とはいいんじゃないかとか、ひどい人になると「慰安婦たちは将軍より稼いでいたんだから」とか、そういう話は明らかに論点がずれている。それに対してこの社会がなんの痛痒も感じないというか、無神経でいられるというのは確かに問題ですよね。

池内　そういうことに現場で一番タッチしたのは軍医ですね。元軍医でそういった自身の体験を活字にしたり、話したりされている方はいらっしゃるんですか?

保阪　いらっしゃいます。僕が親しくさせていただいたある元軍医さんは東北大学で感染学を学んだ人ですが、戦争中のニューギニアやインドネシアでの体験を語ってくれたときに、とても興味深い話をしてくれました。

それは、慰安所が開設されるのに必要な「三角形」があったという指摘でした。この「三角形」というのは、軍の主計将校と軍医、そして連隊長もしくは師団長のトライアングルを指します。つまり主計将校が扱う「金」、軍医が扱う「病気」、そして連隊長や師団長による「命令権」、この三角形の中の合意があれば、慰安所ができたというのです。

だから慰安所設置をめぐる経緯については、この三角形の中に情報が全部隠されてきたといってもいいでしょう。たとえば軍医は慰安所にどういった女性たちが来たかというのを一番知っています。また主計将校は慰安所の設置にあたって資金をいくら用意して、例えば地元の金持ちの家の広い所を接収して売春宿にするとか、そういうことについて関わっているわけです。連隊長や師団長は命令を下した文書、命令の上部機構から来た文書などについて知っているし、自分でも決めているから決済の文書があるんですね。つまり慰安所の設置はこの三者によって決まったということなのです。

中曽根康弘元首相は太平洋戦争のとき、入省していた旧内務省から短期現役主計科士官[2]に応募して海軍の主計将校となり、フィリピンに行っていました。この中曽根さんも、ある本で苦労して慰安所をつくったと証言しています。ただ朝日新聞の慰安婦問題が出たときに、そのことを問われて「そんなことは言ってない」と否定していますが、現実にはそう書いているのです。

連隊長や師団長にとっては、慰安婦の問題というのは主たるテーマではないということもあり、兵隊たちが血気盛んでおさまりがつかないのなら仕方ないだろう、という話で終わってしまっているのがほとんどです。個別の慰安所の実態や慰安婦に関する情報はほぼこの三者の間に密閉されていて、このフタをこじ開けたとしてもまず資料は残っていません。それに元軍医さんたちも、戦後に大学に戻った先生なんかはまず話しませんし、まれに戦後開業医になった方が証言したぐらいです。だから記録の収集という面では体系だった資料の収集が行われてこなかったために、バラバラと出てくる。

吉田氏の証言は虚偽とされましたが、経理将校が金を払って、かわりに女性たちを集めてくる人がいるんですね。言ってみれば「女衒」みたいな人たちなんですが、確かに彼らがむちゃくちゃなこと

2　**短期現役主計科士官**　大正期の軍縮や日中戦争に伴う海軍士官の不足から、それまで軍学校卒業者に限っていた主計科士官採用を一般の大学卒業者に拡大したもの。通常の士官と異なり、現役期間は二年に限られた。

をやって集めてきたケースがあるんですよ。だけどこのシステム全体の位置づけからすると、女衒がやったとはいえ主計将校の責任の枠に含まれるものなんです。

証拠をめぐる不毛な「慰安婦」論議

池内　そういう女性を集めてくるプロというのは、だいたい部隊にくっついていましたね。伯父の書いたものにも出てきますけど、部隊が移動するとその女衒の親父さんも移動する。

保阪　それはいろいろなケースがあります。おっしゃるように部隊付きの宿というのもありました。一方ではある場所に固定されていて、入れ替わり立ち替わりに部隊がやってくるという形態もあったようです。そういった複雑なあり方が整理されないまま様々な証言として語られるので、よけいに実態がわかりにくくなっているのだと思います。

なかには、たとえば熊本の連隊のケースでは美談風に書かれていて、どういうことかというと、彼女達を連れて歩いているんですね。そして最後玉砕するような部隊があったときにも、彼女たちも一緒に鉄砲撃ったとか、女性たちが私たちも一緒に死ぬんだと、どこか倒錯したような形の資料が残っています。だからどの視点で、どのような目でこの問題を捉えるかということが明確にならないと、なかなかやりづらいと思います。女性たちの視点でやるのが一番いいんだろうけど、実際は無理ですね。

池内　写真なんかは残っているんですか？

保阪　写真はですね、たとえば上海のある地域、という限定をすれば残っているものはあります。一番有名なのは、ある元軍医さんが昭和一三、四年頃、中国戦線で軍医として写真をいっぱい撮った。それが戦後、ずいぶん経ってから公開されたんですね。

ところが慰安婦問題を告発する側の人たちが、その写真を使って「こういうことがあった、ひどい」とやったんです。そうしたら元軍医の遺族側が、元軍医の証言などがねじ曲げられて使われたとして裁判にまで発展してしまいました。

池内　ずっと昔、たまたま古本屋で見つけた本ですけど、『庶民のアルバム』といって、明治・大正・昭和のいろんな家庭の中に眠っている古い写真を全国に募集してつくられた写真集なんです。

その中に長野の方で、軍人さんが戦場で撮ってきた写真をその遺族の方が提供したものがあります。処刑されて首が横に転がっていたり、一斉に捕虜を銃剣で刺している様子のような生々しい写真と並んで、慰安所の写真、それから慰安所に入るために兵隊がずっと並んでいる写真が掲載されています。他にも兵隊さんのところに慰安婦が遊びにきた風景や、あるいは慰安婦が自分のブロマイドをつくってそれを配っている写真とか、慰安所に関わる写真が沢山あるんですよ。昭和二六年の刊行だったと思うんですけど、その頃には慰安婦に関するタブーはなかったんですよね。

保阪　従軍慰安婦問題が一つの政治的なプロパガンダになっていくのは、こういう言い方は乱暴ですけど、歴史修正主義者的なグループが台頭してきて、その人たちがいろんな歴史をかき回しているなかで、日本人はそんなことしていないとか、あの資料はウソだと言い始めてからですね。彼らはよく「従軍慰安婦に日本軍が関与したと証明する資料がない」と言いますが、終戦のドサクサで私たちの国が戦時中の資料類を燃やしてしまったという基本的な問題、最近のモリカケ問題にも通じる重大な問題があるのに、天に唾するようなことを平気でやっている。次元があまりにも浅薄というべきで、そのレベルで「この資料は本当か？」とか「証拠はあるか？」なんてことを言い出したら、もうきりがない。

ただ、実は慰安婦問題を告発する側が出してくる資料にも問題が確かにあります。それは告発する運動としてやっているために、勢い余って資料を改変してしまうケースです。たとえば、国がある施策を実施するためには、まず施策の「案」が省庁内で起案されます。慰安所に関しても陸軍省、海軍省、内務省内で起こされた「案」レベルの文書は残っているのです。その「案」の中から実際に決定されたのは陸軍省の「案」が確かに元になったのだろうと思うけれど、しかし陸軍省の「案」はあくまで「案」に過ぎず、決定事項ではありません。この陸軍省「案」の原資料を見ると「案」と書いてあるんですが、その「案」の文字を削除して「こういう資料がある」と発表した人がいます。

だけど、そういうことを互いに一つずつあげつらっていても、結局は本質から離れていくだけです。現実に兵士たちの証言とか、慰安所に関する写真は残っているわけですから、問題はそういう客観化されている事実を事実として認めた上で、さて私たちの国が問われているのは何か、というところへ行くべきで……。

池内　そうなんですよね。

保阪　それが左とか右って乱暴な言い方かもしれませんが、左の側も乱暴で拙速な論理を使ったりしていて、その論理に欠陥があるのも事実なんですね。そこを突く人がやっぱりいるから、ちょっとこうエキサイトしているように見えるけれど、どっちも八百長だと僕は思いますね。

池内　そうですね。

保阪　日本の陸軍は郷土連隊ですから、たとえば南京事件のときに、どの部隊が行っているかということで、出身地域がわかるわけですね。

南京事件でもいわゆる虐殺をやっていない部隊というのが確かにあるし、南京の街には門が五つぐらいあって、この門ではそういった行為はなかったとか、あの門ではあったとかいろいろわかれています。総じてそういうことをしなかった部隊というのを調べると、やはり一つの特徴があって、東北の純農村、東北の兵士はあまりやらなかったという傾向が見えてきます。それから都市の兵隊、麻布とか大阪とかもあまりやらないんですね。あまり大きな声ではいえませんが、総じて戦地で略奪や婦女暴行などの行為に走る兵士が多いのは、大都市の周辺の、都市化と農村共同体が半々ぐらいの地域だったりします。それは日本の都市の発展史における住民意識と農村共同体が崩壊していくときのそれと、何らかの関係があるのではないかと思うんですよ。

こういう研究は中根千枝さんの『タテ社会の人間関係』などがあります。東北の兵隊はあまりやらなかったというのがよくわかるのは、東北の農村共同体がある意味でがんじがらめに兵士を縛っていますから、そこで上官からお前も国に帰れば姉さんや妹がいるだろうと、おっ母さんは朝から働いて畑を作っているだろうと、そう言われただけで絶対に悪さをしないんですね。

そういうことを調べていくと、結局は上官の資質とか、部隊編成の問題に行き着きます。二〇歳前後の新兵というのは、総じてあまりムチャをしないんですね。ところが戦況が悪化してくると再召集兵が戦地に送られてくる。この再召集兵の人たちは三〇代四〇代の古参兵で、この年代の兵士の方が戦地で悪さをするケースが多いのです。もちろん、個々の人間の道徳的な問題であるのは間違いありませんが、同時に言えるのは、こういうことはしてはいけないという戦場のモラルを教えないまま、現地に連れていって好き勝手にやらせた日本軍という組織の問題なんだと思うのです。

「戦場体験」聞き書きの原点

池内　長らく沈黙していた人にしゃべってもらうための保阪さん流の方法、戦術みたいなものはおありなんですか？

保阪　僕らの世代はもちろん濃淡があるけれど、大概が左翼運動体験を持ってます。僕も大学時代はブント（共産主義者同盟）の下っ端でやりながら、民青（日本民主青年同盟）の人間と議論しました。日本の独占資本が自立したとか、いやアメ帝に従属しているんだとか、そんな議論を朝までやり合っていたわけです。

これは個人的な体験なんですが、六〇年安保の四月に全学連（全日本学生自治会総連合）が統一行動をとった際に、そのとき僕は同志社大学の学生だったので、京都府学連として国労（国鉄労働者組合）の時限ストを支援にいったんですね。朝の五時から六時ぐらいまでの時限ストだったのですが、府学連の学生たちは時限ストなんかじゃダメだ、終日全面ストだとアジりだして、僕らも「そうだそうだ」なんて同調した。すると、国労側は一時間の時限ストがやっと実現したという事情もあって、お前たち学生に何がわかるかと怒った国労の連中にボコボコに殴られました。

そのときに感じたのは、僕らの言っていることが空虚だとかという以前に、彼らが必死で生活をかけてやっているんだなと。殴られたということに対してはこいつら左翼かと思ったけれど、実は府学連のデモに出ていた京大生が後に京大の先生になって、そのときの記憶だけは一生忘れないと書いているのを読んだときに、彼も同じ心境だったのかと思った。本当に、学生の主義主張なんて社会に通用しないということを思い知らされました。

それからずいぶん経って三〇歳ぐらいのときに、東條英機[3]の評伝を書いてみたいと思いました。もちろん僕は彼をとんでもない男だと思っていましたけど、本当はどうだったのか自分で調べてみようと、出版社を辞めて取材に入りました。実はそのとき、テーマを東條英機にするか、東京裁判[4]にするかで迷いました。でも東京裁判の全貌を描くにはオランダやフランス、イギリスにアメリカと関係国の資料にも当たらないといけませんから、そうすると語学が三つ四つできなきゃならない。これは自分一人の手に負えないだろうということで、それなら東條英機を書いてやろうと決めたんです。

そのときにびっくりしたことが二つありました。

昭和五〇年代でしたから、当時はまだ旧陸軍の将官クラスが存命でした。僕が会って話を聞きたいと彼らに手紙を出したら、七、八割は会ってくれました。僕が単なる在野の物書きにもかかわらずです。要するに彼らは旧軍が否定された戦後の日本で発言する場が極端に限定されていたので、むしろ話したいという気持ちが強かったんですね。一方では彼らも、会いにくる人間の素性を事前に調べたりするのです。しばらく取材を続けているうちにある将官がそのことを教えてくれたんですが、昔の憲兵とか中野学校の出身者が戦後に興信所をやっていたりして、それが一種の情報シンジケートになっている。

池内　なるほど。

保阪　僕はそのとき、この人たちの話を聞くんなら、一度彼らと同じ空間に身を置いた上で話を聞かなきゃいけないな、と思ったんですね。だからそういう意味で言うと、彼らの意見に賛成しているわけではないけれど、そうですか、そうですかと頷きながら聞きました。彼らも話すことに飢えていたから、よく話してくれました。

でもいろいろな人に会っていくと、彼らが人物や物事に対する見解を背後で統一していることがわかってきました。たとえば東條の奥さんも、それは東條が悪いんじゃなくて木戸幸一が悪いとか、石原莞爾が悪いという。どうして石原が悪いんですかと聞くと、かくかくしかじか、東條が天皇陛下に背いたことは一度もないと説明してくれましたが、東條の周辺にいた関係者がみんなそういう話をする。つまりある種の公式のような、統一された見解がきちっとできあがっているんだなと。そのことに気づいたとき、見えないところでこのようなしっかりしたシステムが機能しているこの国は、そんなに甘くないなと強く感じさせられました。それで七年かけて書いてある版元から出したところ、最初に取材に来たのが南ドイツ新聞社のドイツ人なんですよ。戦前からいた有名な人で。

3　**東條英機**（とうじょう・ひでき　一八八四～一九四八）　軍人（陸軍大将）・政治家。満州事変前後から統制派のなかで台頭し、関東軍参謀長、陸軍次官を歴任。近衛内閣では陸相として対米交渉で強硬論を唱え、一九四一（昭和一六）年一〇月に大命により首相となり、対米英開戦を決定。一九四四年のサイパン陥落を期に総辞職し、敗戦後の極東国際軍事裁判でA級戦犯として起訴、絞首刑となった。

4　**東京裁判**（極東国際軍事裁判）　一九四六（昭和二一）年から約二年半にわたり東京で開かれた日本の戦争指導者に対する裁判。文官・軍人ら二八人がA級戦犯として起訴され、東條英機元首相や板垣征四郎元陸相ら七人が絞首刑、平沼騏一郎元首相ら一六人が終身禁錮などの判決を受けた。

池内　南ドイツ新聞はドイツでは信用のある新聞ですね。

保阪　そのようですね。それで君は東條をどうして書いたの？　と聞くんです。僕の国では君の年代でヒトラーを書くなんてあり得ないよと言われて。僕はそのときに、こう答えました。東條の本はこれまで二、三冊出ているが、みんなヨイショ本みたいなものばかり。七年かけて取材を続け、少しずつ歩んでいるうちに、結局右も左もという言い方は乱暴だけど、どっちもある種の上部構造の頭の中で議論をやり取りしている。手足の部分をまったく持っていない、というのを感じましたね。なら、やってやろうというので。

ナチスと日本の戦争プロパガンダ

池内　話は変わりますが、戦前の日本に**情報局**[5]という機関がありましたね。内閣情報部に内務省・逓信省・陸軍省・海軍省の各情報部を統合してできあがった役所です。保阪さんからみて、あれはどういうふうにご覧になっていますか。有効に働いたのかどうか。

保阪　情報局はあるときからプロフェッショナルになっていくんですね。その言論統制に中心的役割を果たしたとされる情報官の鈴木庫三などとは直接会っていないけど、その下にいた人たちには話を聞けました。彼らは作家や新聞記者が、情報局の意向にかなり怯えていたことを得意げに話していました。

戦後になって、情報局文芸課で働いていた平野謙（文芸評論家）と文芸課長だった井上司朗（筆名逗子八郎、歌人）との間で戦時協力をめぐる論争があり、それに文芸評論家の中島健蔵が参戦したりもしましたね。実際はこうだったと相反する見解を言っているけれど、次世代の僕らから見ると、そこで展開されている論理というのは、彼らの怨念とか彼らの時代空間における物語の、結末のつけ方のように思えました。だから、それは俺には関係はないと、線を引かなきゃいかんなと僕は思いましたね。

情報局が肥大化していく過程というのは、戦局の悪化で国民に厭戦思想がひろがっていくのを防ぐため、その状況と比例しながらプロパガンダの規模を大きくしていく流れだったと思います。そのなかで生じてきた弊害などをきちんと資料を追いかけながらまとめた本はありまして、みすず書房の『現代史資料』もそのひとつですが、一般向けにわかりやすく論じた本というのが意外にないんですよね。だからいまだに言論弾圧の実態や情報局がそれに具体的にどう関与したかということについては、いまだに曖昧な点がかなりあると思います。

5　**情報局**　内閣情報局とも。第二次世界大戦期に情報宣伝活動を担った内閣の外局。各庁の情報に関する連絡機関であった内閣情報部が、一九四五年に大本営報道部と統合されて情報局となり、情報収集や宣伝だけでなく言論の指導や検閲、取り締まりを行った。

池内　**ゲッベルス**[6]が大臣を務めたドイツのプロパガンダ省は、ほぼ四〇〇人ぐらいのスタッフを抱えて、新聞ジャーナリズムなど全部で七課に分かれていました。正式には「国民啓蒙・プロパガンダ（宣伝）省」といいまして、つまりはナチス革命の意義を国民に対し事あるごとに宣伝して「啓蒙」することが最大の目的だったわけです。

「ナチス革命」といわれても我々日本人にはなじみがありませんが、あの時代のドイツ人にとってナチスは大いなる革命をしていて、その結果として今こういう現象が起きているという理解になります。たとえば言論が不自由になったときには、これはナチス革命の過渡的な状況なんだからもう少し我慢しろとか。あるいはヒトラーが独裁だと言われると、これは独裁でなく国民社会主義であって、国民が主人公なんだとか。確かに制度的にはそうなんですよ。国民が民主的な手法で選んだ独裁制ということになってしまうんですね。

　実際にナチスが政権をとってから五年間ぐらいは、重要な決定の際にはそれまでの実績を問うという形で常に国民投票をやったんです。よくナチズムのことを邦訳で「国家社会主義」としているものもありますが、それは間違った訳で、正しくは「国民社会主義」とすべきです。というのは、国民が意思決定をすることによって、さしあたりは独裁制がなりたっているというシステムですから。

　この「さしあたり」というのが実はミソで、ナチス革命が成就したあかつきには独裁体制的なものは排除しますよと、そのことを常に啓蒙するというのがプロパガンダの主旨なんですよね。

保阪　ドイツのほうが、ヒトラーが言っていた第三帝国の建設のような理想で国民を引っ張っていったのでしょうね。日本の場合はどちらかというと国際関係で追い込まれて米英と戦争を始めたわけですから、大東亜共栄圏とかアジアの解放といった話は後付けにすぎません。天皇の開戦の詔書にも、そんな理想はどこにも出てこない。中国との戦争は日本に正義があるのに、中国を支援して日本を締め付ける米英に堪忍袋の尾が切れた、という一種の「忠臣蔵」的発想です。まあドイツの場合の啓蒙にしたって、ある時点から目的地を失うことになったわけでしょうけど。

ドイツに比べて日本の宣伝は「子供だまし」

池内　そうですね。啓蒙にも不都合なことを言わないという啓蒙や、不都合なことを歪曲するという啓蒙、いろいろな段階がありますからね。その段階ごとにどういう啓蒙をしたかによって、時代の流れがわかるわけですよね。そのプロセスを見てましたら、情報の一元化ということではあるんだけど、情報の一元化の課程にいろいろなニュアンスがあって、それを通して時代の変化がわかるわけです。

6　**ヨーゼフ・ゲッベルス**（一八九七〜一九四五）　ドイツの政治家。一九二六年にナチスへ入党後、地方党指導者から国会議員、党宣伝部長となり、巧みな宣伝手腕により党勢拡大に貢献。政権獲得後のヒトラー内閣では国民啓蒙・宣伝相として反ユダヤ主義宣伝を担うが、ベルリン陥落直前に自殺。

ドイツと比較すると、日本が国としてやっていた宣伝というのは子供だましのようなレベルに思えます。これだけの戦果をあげたとか、不都合なことは隠し、都合のいいことだけを言うという、低レベルなままで日本の場合は通ってしまったというのが、なぜなのかという気がします。

保阪　日本の指導者についても、精神科医がきちんと分析すべきだと思うんですね。戦時下における指導者の中で理性的というか理知的というか、理論とか知識といったものに若干の信頼をおく人はどんどん黙っていく。そして残るのは、信念のひと言でかならず勝つんだとか言いだすような人間です。東條なんか、負けたと思ったときが負けなんだと平気で演説してましたから。客観的に負けていても認めないんだから負けてはいないわけですけど、そういうまやかしの論理というか、狂信的な空間に入っていった日本の戦争指導のあり方を、社会病理的に誰か解明してほしいなと思います。

ドイツの場合は、最後どうでしたか？　敗戦がすぐそこまで来ているとき、ドイツの国民向けの宣伝内容はどんなものだったのでしょう。

池内　やはり「負ける」とはひと言も言っていませんね。いわゆる最終戦という言い方で、起死回生の秘密兵器があるという言い方です。指導者たちは、最後の段階で自殺したり、逃亡したりしましたけど、ある段階までは同じ姿勢を保っていたようです。

保阪　日本でいう神風が吹くというレベルに近いものがあった？

池内　それに似たようなことです。でも国民は信用しなかったでしょうけどね。

先ほどの『戦争と栄養』を書いた伯父も階級の高い軍医でしたから、指導者幹部たちをよく見ているんです。日頃豪傑風なことを言っている人間が、激しい銃撃戦に消化不良を起こして神経症になったとか、だから日頃大きなことを言っている人間が、だいたい修羅場になったら弱いと……。そういう人たちが指導しているということに関して、軍医からすると非常に疑問があるとまで書いています。

そもそも人間の体というのは非常に脆いわけです。それを科学的な裏付け一切なしに信念だけで戦わせたり、一錠食べたら一日何も食べなくてもいいという薬を作れとか、およそ科学性の乏しい考え方が大手を振って通用していたのが実態だったと。こういう国の軍というのは何だろうと、さすがの軍医も疑問に思ってくるんですよ。

特攻帰りを白眼視する日本人の精神構造

保阪　アメリカの場合は前線に展開する部隊に聖職者がついていって、明日の総攻撃では君たちのうち何人かが天国へいくだろう、祈ろうと言って祈る。キリスト教だけでなくて、いろんな宗派の聖職者がいるそうですけれど、それはアメリカなりの、戦争における死というものの受け止め方ですよね。共産主義の場合は軍人よりもレベルが上の政治将校がいて、どの部隊にも入っている。その政治将校が、お前らは明日プロレタリア解放のために戦う、などと言って鼓舞する。もちろん一方では戦場から離脱し逃げていく兵士を彼らが情け容赦なく撃ったそうです。それは共産主義のなかにおける思想の一つ、ある種の純化したものということなんでしょうけど。

日本の旧軍では兵隊が死んだときにどうしていたのか、元兵士たちに聞いて回ったことがあります。たとえばある部隊では、戦闘が終わって余裕がないときは遺体を埋めて、指とか爪を切って形見として持ち帰り、余裕があるときはちっと埋葬場所に墓標もたてたりしたそうです。その後なんですが、「おい、誰かお経読めるのいないか」というと誰かが「僕はお寺の裏で育ったから若干読めます」と名乗り出る。すると「じゃあお前がお経上げてやれ」と……。

僕はそれを聞いて、日本軍というのは兵士の死に対して、そういう扱いしかできなかったのかと。兵士個々人の命や人間性を極限まで軽んじておいて、死んだ後もそのような扱いをする軍隊の精神的な退廃ぶりというのは、私たちの本来の文化に反するものだとすら思うんですね。その視点に立つのであれば、こんな軍隊のあり方こそが日本の文化に対する最大の犯罪だという論理をつくって、徹底的に批判しなきゃいけないと思います。

アッツ島玉砕[7]の様子を、アメリカの兵隊が手記として書き残しています。それは日本語でも読めますけど、とにかく日本兵はみんな満身創痍で、足を引きずりながら総攻撃をかけてくる。あろうことか、米軍が並べた機関銃の前に刀で斬り込んでくる。それを見た米兵は、これはもはや戦争ではない、頼むから来ないでくれと祈るしかなかったと。降伏しろと放送で呼びかけても、日本兵は前進をやめなかった。仕方ないから米兵は彼らを撃ったというわけです。

池内 特攻もそうですね。知覧の特攻平和会館にアメリカ軍が撮ったフィルムがあって、それを見ると特攻機が戦艦に向かって飛んでくるんですよね。最初はまさか突っ込んでくるとはアメリカ軍も思わないから不意を突いたかたちでそれなりの戦果を挙げたようですが、体当たり攻撃をしてくるとわかれば、真一文字に来るわけですから格好の標的になる。それがずうっと繰り返されるんですよ。こんな不思議な、信じがたい光景はありません。

保阪 敵艦船への突入も、はじめのうちは成功率が二割以上という数字が出ているんですよね。最後のほうになるとそれが六、七パーセントになったといわれてますが、その数字だって推計ですからどこまで本当かはわからない。

こういうあまりに非合理的な消耗戦を組織的に作戦として実行した、人命を愚弄したような戦争をやったことについての責任はないのかと軍人たちに聞きますと、結局は全部天皇に持っていくんです。確かに昭和天皇が最初の特攻の報告を受けて「よくやった」と語ったのは事実ですが、それをいいことに軍が特攻を通常の作戦にしていったわけで、その責任を天皇に帰することで命令を下した連中は免罪になる。すべてを天皇のせいにするその心理、逃げる姿は醜いと思うけれど、それが彼らに

7 **アッツ島玉砕** 一九四三（昭和一八）年五月にアリューシャン列島西端のアッツ島で起きた、同島に上陸した米軍と日本軍との戦い。約二五〇〇人の陸軍守備隊は全滅し、大本営は初めて「玉砕」と発表した。

すれば罪悪感からの救いなんでしょうね。

池内　**神風特別攻撃隊**[8]の敷島隊、大和隊、朝日隊、山桜隊というのは、**本居宣長**[9]の歌「しき嶋の　やまとごゝろを人とはゞ　朝日ににほふ山ざくら花」から名づけられました。まさに美化ですよね。このような、言葉で呪縛していきながら、その言葉に当人がいわば陶酔するという形をこしらえる……。それがとても日本的な現象ではないかと思います。

しかもそのときこそ国民をあげて死を悼むべきヒーローだと持ち上げておいて、戦争が終わって帰ってくると、途端にあれは特攻帰りだと白眼視する。何をするかわからない特攻帰りに嫁なんかやれないというような、そんな風潮が戦後にありましたね。僕には、日本人のそういう精神構造がまったく理解できないわけですよ。

保阪　「特攻崩れ」という表現が新聞の見出しにもありました。特攻作戦を指揮した軍上層部の面々は、これは自分たちが考え出して命令したんじゃない、現場から澎湃《ほうはい》とあがってきた話だった、という点にこだわりました。なかには上から命令した航空部隊の司令官もいるけれど、基本的にはほとんどが志願だったと。

いわゆる「特攻に志願する者は一歩前に出ろ」という、あの話ですよね。僕が昔、話を聞いた特攻を送り出した側の軍人たちも、あれはちゃんと意志を確認して同意の上でやったんだと、そこを強調するわけです。

先ほど池内さんが言われた日本人の不可解な精神構造というご指摘はもっともな話です。僕もあの戦争の本質とは、人間をあそこまで粗末に扱っていいのかという、とてもプリミティブな問題なんだと思います。それが日本人の宿痾《しゅくあ》なのか、それとも戦争そのものが本質的にそうなのか……。本質的に戦争がそういう異常性を抱えているのは事実だけど、それがより徹底したかたちで出現したのが日本のケースだったのではないかという気がします。

日本は今も昔も「成り行きまかせ」

池内　日本がやった戦争というのは、基本に「成り行き」まかせということがあったのではないかと思います。第二次世界大戦でアメリカがヨーロッパに気をとられてる間にできるだけ広げておこうとか、中国の方でこういう動きがあるから臨機応変にこうしようとか、他の国が批判しているからとか、

8　**神風特別攻撃隊**　太平洋戦争末期の一九四四（昭和一九）年一〇月のレイテ沖海戦で、大西瀧治郎第一航空艦隊司令長官が発案した航空機による体当たり攻撃作戦。神風特別攻撃隊と命名され、同敷島隊隊長の関行男が米空母に突入し特攻第一号となる。

9　**本居宣長**（もとおり・のりなが　一七三〇〜一八〇一）　江戸期の国学者・医者。伊勢国の木綿商に生まれ、京都で漢学を学ぶ。国学者の賀茂真淵に出会って『古事記』研究を託され、その後自宅で国学を講義し、古典研究論、復古神道を唱えた。

要するに全てが「成り行き」なんですよね。そもそも天皇自体が「成り行き」にまかせていたところがあって、確たる自分の意見がないんですよ。

この日本という国を考えていくと、昔も今も自分たちの意見を持たないで、「成り行き」に応じて政治をしているのです。最近の北朝鮮のことを見てもそうで、北と中国がどう動くかをじっと見て、成り行きに応じて豹変するというそのパターンはもう全然変わらない。

保阪　基本的に日本人には、自らが強い意志を持って理想を掲げ、その歴史をつくっていくという能力が足りないところがあるんじゃないでしょうか。だから全て成り行きになってしまう。

わかりやすいところでいえば、サイパンの陥落で米軍が本土に迫るなかで起こった台湾沖航空戦があります。台湾・沖縄を空爆してきた米機動部隊を日本海軍主体の航空部隊で迎え撃ったところ、「轟撃沈　航空母艦一一隻」「撃破　航空母艦八隻」の大戦果をあげたと大本営は発表します。これで米軍の機動部隊はほぼ壊滅だと国民はこのニュースに大熱狂するわけですが、実は戦果確認がいいかげんで米軍の空母はまったくの無傷という大虚報でした。しかも陸軍はこの「大戦果」を信じてフィリピンの防衛戦略だった「ルソン決戦」を「レイテ決戦」に変更し、あわてて兵や物資を輸送するのですが、大半が撃沈されて結果的に大失敗に終わる。実は海軍側は、発表直後に無傷の米機動部隊を発見していて大戦果が間違っていたことを知っていたのですが、陸軍に言えなくなって報告しなかったのです。

このような、主観的願望がいつのまにか客観的事実にすり替わっていくようなことが、あの戦争のなかにはあちこちに露見します。

池内　当時の日本のプロパガンダや情報統制を見ていても、国民はこういうことは知りたくないんだから知らせない方がいい、見たくないんだから見せない方がいいと考える。逆に国民の方もそれはおそらくウソだろう、実際はもっとひどいんだろうと思うけど、知りたくないから知ろうとしない。こういう精神構造は今も全然変わらないのではないでしょうか。

保阪　内務省情報局の報告書を見ると、噂話で変な思想を流布させたといって、当たり前のことを言った人が次々と逮捕されているのです。ニューギニアで日本軍が酷い目にあっているらしいよって言っただけで、それで呼ばれて逮捕されるんですからね。

池内　日本が負けると言っただけで。

保阪　負けるなんて言ったら、お前はとんでもない敗戦主義者だと。でもまたそこが不思議で、敗戦主義者だと言っておきながら、懲らしめるために意図的に召集して戦地に送るんですよ。

戦後の日本社会党の国会議員だった松前重義が一番いい例です。彼が逓信省の局長時代に開戦となりましたが、陸軍の戦備について批判的なことを言っただけで、生意気だと懲罰的な召集で南方に送られました。その際、彼だけ召集するとそれがバレるので、同じ四〇代前半ぐらいで戦地に行っていない人を、同時に三〇〇〇人ぐらい召集したというのです。松前はそのときのことを『二等兵記』という手記に書いています。

結局彼は無事日本に戻りますが、偽装工作的に召集された三〇〇〇人のほとんどは南方へ送られる途中で輸送船が沈められて戦死したそうです。松前は彼らに申し訳ないとか書いていますが、そういう話じゃありません。戦争の中でこういう仕組みを平然として行う指導者の資質、そういう指導者が上に立っているそのことが問題でしょう。

野坂昭如が「道化」に徹した理由

池内　また話が飛びますけど、『タイム』という雑誌がアメリカにありますね。特集主義で、時々のテーマを取り上げているんです。誰が表紙に載るかによって、そのときのアメリカ人がどういう関心を持っていたかわかるといわれてきました。歴代の『タイム』誌を見ると、表紙に載った回数ではドイツのヒトラーよりも昭和天皇のほうが多かった。

保阪　そうなんですか。欧米人にとってはヒトラーのほうが関心が高いのではないかと思っていました。

池内　理由は単純なんですよ。アメリカ人からすればヒトラーはかなりミステリアスな面もあるけれど、理解できないことはない。ヨーロッパの戦局にケリがついて、さあ枢軸国で最後に残った日本は、となったときに、不思議な人物がこの国を統治しているではないかと。

戦時中のアメリカのプロパガンダポスターなどにはガニ股、短足で、目がつりあがった猿のような顔の日本兵がよく描かれましたが、アメリカ人からすれば「こんな小男のエンペラーが神として日本ではあがめられている」ということが、まったく理解できないということなんでしょう。

そういう自分たちと宗教も文化もまったく異質の相手について専門家を動員して研究させても、最終的にはやはりよくわからないという問題があったんですよね。

保阪 アメリカやヨーロッパに行って現地の人たちと話し込んだりすると、かならずといっていいほど聞かれたのが、「お前は本当に天皇を神だと思っているのか」という質問でしたね。僕はそれに対して、物語というものはどの国にもあるだろう、あなたたちのキリスト教だってそういうものから出ているんだから。ただそれを国家的に強制化したのがあの時代で、そんな時代は日本の歴史のなかでも他にはないよ、と答えるしかありませんでした。

あと、彼らにとっての「神」という言葉が含む意味と、日本人の「神」は概念がかなり違うでしょうから、そこがまた説明する際に難しいんですよね。池内さんは天皇をどう説明するんですか？

池内 ドイツ語では便利な言葉がありまして、「神的なものを持った」という言い方があるんですよ。「神様の性質を持ったものとして日本人は天皇をあがめた」という表現です。

保阪 日本人は他にそういうものを持っていないのか、と聞かれたら？

池内 「もちろんたくさん神がいる。天皇はそのうちの一人だった」という言い方でしょうか。だから僕なんかから見ると、自分の父親とか祖父の世代の精神構造がわからない。本当に神だと思っていたのか、また天皇陛下万歳と言って死ぬことに対して、何の懐疑もなかったたっていうのも、やっぱりわからないですよね。

保阪　僕の親父は数学の研究者だったのですが、関東大震災で耳が聞こえなくなったので、軍事教練が受けられなかったそうなのです。それでバカにされたりして、研究者を目指して助手をしていたのですが、辞めて旧制中学の教師になる。戦後は高校の教師になりますが、親父がよく誰かと話しているのを聞いていると、戦争中何やっていたかと聞かれたときに、「旧制中学で数学を教えてました」と言う。必ず「数学を教えてました」と強調するのです。

後で母が教えてくれたのですが、その「数学を教えていた」というのがキーワードなんだと。つまり天皇が現人神だとか、戦前の皇国史観的な話を私は生徒たちに教えてませんよ、というニュアンスを含んでいるわけです。数学の教師はそういうことを教えなくてすんだみたいですが、終戦を境に価値観がガラリと変わって「戦前＝悪」という風潮になったときに、「いや、私は当時の体制に積極的に協力したのではない」ということを暗に伝えるための、「構えの言葉」のようなものをあの時代の大人たちはみんな持っていたんじゃないかと。

池内　隠れ蓑みたいなものですね。

保阪　特に教育に携わっていた人たちのなかには、戦前は声高に軍国主義を讃えて教えていたのに、戦後は一転して民主主義礼賛、戦前の日本が悪だと言い出したケースがかなり多かったんじゃないでしょうか。そうすると、戦前に自分たちがやっていたことは封印せざるをえなかったのでしょう。

池内　今のお話で思い出したのですが、少し前に柳田國男とか手塚治虫など各界で個性的なお仕事をされた方々の子ども時代を綴った『みんな昔は子どもだった』（講談社、二〇一八年）という本を出しまして、その最後に作家の**野坂昭如**[10]さんの子ども時代を取り上げたのです。

彼は一四歳のときに神戸の大空襲で全てを失って、二歳ぐらいの妹を抱えて放浪の身となります。彼の戦争体験によると、最初の空襲からしばらく間を置いた後、第二波、第三波という具合に敵機の数が増え、爆撃の規模がどんどん大きくなっていく。そこからわかるのは、アメリカは段階的な空襲で日本、つまりは天皇に敗戦の意思表示をしろと促していたわけですよね。もうどうにもならない状況なんだから、早く負けを認めろと。

それを政治音痴な日本の指導者層が見過ごして、結果的に原子爆弾の後まで引きずってしまった。そのときに、日本通のアメリカ人がいかにも遅いと言ったそうです。そういう現実があるわけです。少年だった野坂さんも、徐々に空襲が大きくなって逃げ場がなくなっていくという怖さを確かに感じ

10　**野坂昭如**（のさか・あきゆき　一九三〇〜二〇一五）　作家・タレント。大学中退後に放送作家として活動しながら『エロ事師たち』（一九六六年）で作家デビューし、一九六七年に『火垂るの墓』『アメリカひじき』で直木賞を受賞。「焼け跡闇市派」を標榜して評論やエッセーを多数執筆、またタレントとしても活躍した。

ているのです。そのようななかでの小さな妹を連れての逃避行で、妹が泣き出すとうるさいから頭をガンと殴ると泣き止んだので、これは効き目があると何度もやっていた。後で医学的にそれが脳震盪を起こしていたことがわかり、顔色を失ったということを書いていますけどね。

作家となった彼がいつも黒いサングラスをかけて、ああいう道化役に徹したのは、少年時代に味わった悲惨な体験が元になっていたのではないかと思ったのです。あの状況を生き抜いた人間からしたら、戦後に豹変した日本人と一緒に生きていくには「道化」になるしかなかった。だから野坂さんがよくやられたショー的な振る舞いというのは、それ自体が日本人に対する痛烈な批判だったのではないか、と僕はその本で書いたのです。

朝鮮戦争で喜ぶ大人たちへの違和感

保阪 太平洋戦争中のいわゆる「大本営発表」(大本営及帝国政府発表)というのは、一二月八日の朝七時、真珠湾攻撃による開戦を伝えた第一号から全部で八四六回ありまして、最後は昭和二〇年の八月一六日なんですよ。前日の八月一五日にポツダム宣言を日本が受諾して天皇の録音音声による玉音放送が流れますが、この日の大本営発表では戦争が終わったとはひと言も言っていないんです。最後の八月一六日の発表というのは、米艦隊が本土に入港して上陸してくるから、みんな落ち着いて迎えるようにと。

大本営発表の八四六回を分析したことがあるんですけど、八四六回のうち八四回は昭和一六年一二月八日から一二月三一日までの、たった三週間の間にその一割が出ている。それから翌年の三月ころまでは割に戦果が挙がっていると、ジャンジャン発せられるんです。

ところがそのうち戦況が厳しくなるとウソをつきはじめる。「撤退」を「転進」と言い換えたり、それから事実の捏造まで始められます。それだけでも足りなくて、さらには捏造の上にまた捏造を重ねるようなことまでやっています。

戦争終盤の昭和二〇年五、六月ぐらいになると、発表することがなくなって月に二回とか三回と回数が激減し、最後は黙っちゃうんですね。さすがの大本営発表も、どうにも言葉がなくなったというのはある意味で正直なわけで、この正直さというのが日本人にどこか特有のものなのかなとも思います。こういう性格を日本人が共有しているから、先ほどの話じゃないけど「聞かせたくない」「聞きたくない」という「あうん」の心理状態が働いたのでしょう。

池内　僕が戦後の大人たちの言動に疑問を持ったのは、朝鮮戦争のときでしたね。昭和一五年生まれですから、朝鮮戦争のときは一〇歳でした。僕が住んでいた町の港側に大きな製鉄工場があって、これは日本製鐵（現日本製鉄）だったんですが、戦後の財閥解体で分割されてそのころは営業停止になっていたんですよ。

ところが朝鮮戦争が始まると軍需生産しなきゃいけないので、アメリカがその製鉄工場の再開を許したわけです。すると町では提灯行列で御神輿かついでお祝いをして、みんな口々に「戦争はいいね」「これで儲かる」と。僕は子どもですけど、そういう大人たちの態度が理解できませんでした。この間まで戦争はひどかったね、嫌だったねと言っていたのに、また戦争が始まるとみんなニコニコしてね。営業停止の製鉄所がいっぺんに立派な工場になって、儲かるからもうちょっとやってくれなんてね。そういうことを平気で言う大人は信用できないなという感じがしましたね。

保阪　僕は札幌で小学校から中学にあがる頃でしたが、そういう具体的な朝鮮戦争の形というのはあまり見えなかったですね。

ドイツ人とヒトラー

保阪　ドイツ通の池内さんに是非聞きたいと思っていたことがあります。最近ヒトラーについて研究する本がかなり出版されています。僕もずいぶんヒトラー関連の本を読んできました。ヒトラーやナチズムの本に対するドイツ人の許容の幅というのは我々が考えているのとはまた違うのかもしれませんが、ドイツではヒトラーの伝記類は手に入る状態なんですか?

池内　映像でこれだけは流せないとかいくつかのタブーがありますが、本は手に入るはずです。『我が闘争』が新しい版で出てだいぶニュースになりましたけどね。それほど問題がないという。

保阪　イギリスの歴史家でナチズム研究の泰斗とされるイアン・カーショーの本だとか、海外の研究者がヒットラーを書いた本に関して、ドイツ人の関心はいかがなものなのでしょう。

池内　歴史家が丹念に調べたものとかいろんなケースがありますけど、関心は高いでしょうね。ヒトラーってタイトルを付けるだけで本も売れるし、映画も流行るという、そのあたりもあるんですよ。だから、タイトルにヒトラーと入った映画がどうしてこんなに多いのかと評論家の川本三郎さんに問われてね、うーん、答えようがないけど、いろんなイマジネーションを誘うテーマだからじゃないでしょうかねと……。

保阪　ミュンヘンにある日本人会、日本人クラブかな、そこに知り合いがいて、ミュンヘンにマンションでも買って年に何カ月か暮らしたらどうかと誘われています。すごく面倒見がいいおばあさんがいて日本人会が楽しいからと。ドイツ人と結婚している日本人も多くて、そういうドイツ人に「あなたはなぜ日本人と結婚したの？」と聞くと「だって私はヒトラーの親戚だから」と。ジョークでしょうけど、そんな話も忌憚なく言えるんですね。

池内　ヒトラーをからかったり、パロディにしたりというのは現地でも数多くあります。あの独特の演説口調を真似して、それだけを芸にしている芸人もいますから。それがＣＤで売られていて、聞くと本当にそっくりです。

保阪　顔も似せて？

池内　顔もああいう顔にして、癖もまねる。内容はとるにたらないことを、あの独特のスタイルでしゃべるから面白いんですけどね。芸人からすれば非常にやりやすい人物だし、あらゆる面でからかわれているというのはありますね。タブーはないです。

保阪　旧東ドイツの側と旧西ドイツではヒトラーに対するイメージが異なるとも聞きますが、ナチズムに対する免疫ができていない東ドイツの青年たちが、妙にそっちへ重なり合っていくというようなことはありませんか。

池内　ドイツは東西よりもむしろ南北の格差というのが大きいでしょう。北部の方が生活が貧しく、常にネオナチ的なものは北から始まりますから。

保阪　ドイツで初の女性首相となったメルケルは東ドイツで育っていますが、東ドイツ人的な考え方なんかを完全に超えた人なんですか。

池内　もともと東ドイツの物理学者で、政治家としての出発もそうです。それで、統一の後で党首に選ばれた。東の人はみんな多かれ少なかれ東の考え方を持っていましたけど、それを克服したり、否定したり、あるいは継承したりと、いろんなケースがある。僕はあの方はなかなかの人と思っておりまして、勉強家ですね。ものすごく勉強する。

保阪　東西統一を主導したコール首相が見出したんですよね。

池内　当初はスポークスマンで、たどたどしい英語でニュースを読むような役割だったんですけど、目を付けたのはコールでしょうね。それで育てて、その間に非常に勉強しましたね。だからドイツ人の信頼もいまずいぶん厚いんじゃないですか。

それから政策の見方が一年単位でなくて、五年一〇年、場合によったらもっと長いスパンで見ているところがありますね。最近まで推進していた原子力発電をぱっと変えて、全廃ということにしてしまう。ああいう切り替え、素早さというのは見事ですね。

保阪 彼女は勉強家だから、日本の首相と会ったらあまりにも何ものを知らないので、以後目をあわせないって聞いたんですけど（笑）。

池内 すぐにわかったでしょう。どんな人物かって（笑）。

戦争中の言論が瓜二つの日本とドイツ

保阪 池内さんにはドイツ文学などの翻訳のお仕事がたくさんありますが、なかでもオーストリアの作家、**カール・クラウス**[11]の大著『人類最後の日々』といった翻訳作品がありますね。この方は、日本

11 **カール・クラウス**（一八七四〜一九三六） オーストリアの作家・ジャーナリスト。ウイーン大学卒業後、俳優を経て分筆活動に入り、一八九九年に雑誌『たいまつ（Die Fackel）』を創刊。風刺の効いた社会・権力批判を展開し、哲学者のウィトゲンシュタインなどにも影響を与えた。代表作に戯曲『人類最後の日々』や『第三のワルプルギスの夜』など。

でいったらジャーナリストの桐生悠々みたいな立場だったのでしょうか。

池内　カール・クラウスの『人類最後の日々』は私の二〇代末の仕事でして、三〇代の頭にオーストリアへの留学から日本に帰ってきて本にすることができました。それから四〇年余り経って、再刊しないかということになったのです。改めて読み返して、解説をつけたんです。

ヨーロッパの場合、アメリカもそうですが、第一次大戦と第二次大戦、二つの大戦を経験しています。日本の場合は、第一次大戦は全く体験にはなっていなくて、いちばん漁夫の利を得たというか、非常にうまい汁を吸ったわけですよね。

それ以前に日清・日露の戦争で日本は膨大なお金を得て、戦争は儲かるというのが染み付いている。だから第一次大戦で改めてぼろ儲けして、第二次大戦、当時でいう大東亜戦争が起こったときに、メディアが扇動して国民が熱狂していくという現象が起こりました。

たとえば戦争の開始にあたって、マスコミやジャーナリズムが愛好したいろんな言葉があります。それは先ほどのお話にもあったように、初期の熱狂的なものから、中期には不利な状況をカムフラージュするように囃し立てて、後期になるといわば事実をねじ曲げて捏造するといった、一連のプロセスがジャーナリズムの使う言葉でわかるわけですよね。そういう日本の太平洋戦争のときにマスメディアが使った語彙の変遷というのが、第一次世界大戦期のドイツでの状況と本当にぴったり合うんですよ。

ヨーロッパの第一次大戦は一九一四年から一八年までですが、それに対応するのが日本では一九四一年から四五年まで。つまり戦争に対する国民の熱狂の仕方も冷め方も、第一次大戦中のドイツと第二次世界大戦中の日本がまったく相似形であることが嫌というほどよくわかったのです。

たとえば、日本の開戦の詔書のなかに「豈朕が志ならむや」という天皇の言葉があります。要するにこの戦争は自分の意思ではなく、止むに止まれない防衛戦争なんだという意味ですが、実は第一次世界大戦のときにドイツのヴィルヘルム皇帝も「私の意志ではない」という言葉を使っています。「私の意志ではない」を言い換えれば「豈朕が志ならむや」で、それを入れることによってもし負けたときに戦争犯罪にならないよう側近がそういう文章を入れたのでしょう。

太平洋戦争中に外国語排斥で英語を使わない、敵性語だから使ったらいけないというのも実は第一次大戦のときドイツで生じた現象なのです。フランス語とか英語の使用は禁止、使ったら罰金だと。そういう第一次大戦のドイツで見られた現象全てが、日本の場合、第二次大戦中に起きている。あまりにもソックリでそのことが面白かったんです。

保阪　符節が合うんですね。

池内　合うんですよ。マスコミやジャーナリズムの動き、使用する語彙もほぼ等しい。

ナチズムが青少年を熱狂させた理由

保阪　第一次大戦が終わった一九一八年から第二次大戦に突入する三九年までの二一年間を戦間期の思想とかいうけれど、この二一年間にドイツが変容していくプロセスのなかで最大の問題は何だったのでしょうか。たとえばワイマール憲法の形骸化というか、自主的にそれが放棄されていく、あるいはヒトラーが出てきてというなかで、この二一年はドイツではどういうふうに語られているのでしょう。

池内　二一年というスパンで見れば、前半の経済的な悲惨な状況のなかから非常に過激な政治家が現れて、その悲惨な現実を逆手に取って、そこから扇動していくわけですけど、やはりポイントになるのはその現実を逆手に取る手法の鮮やかさですね。

ナチズムというのは、理念的にはほとんどファシズムからの頂き物ですね。ファシズムがやろうとしてできなかったことをナチズムがやったともいえる。いいところも全部そうです。

国民を自らの描く理想のなかにとらえていく方法も、ナチズムは非常に学習しています。前半の政治状況とイタリアのファシズムをかなり学んで、そのなかからもっとも国民をとらえるエッセンスをつかんでいくのです。

それは非常に急激な変化をもたらすものですから、啓蒙しなきゃわからない。それで先ほどの国民啓蒙・プロパガンダ（宣伝）省に、大変な切れ者を配置する。それがゲッベルスらで、日本でいう課長部長クラスはほとんどが二〇代、三〇代という若さです。ゲッベルス自身が三〇代で大臣になって、主に活動したのは四〇代の初めですから、かなり若い世代が台頭した時期でもあるのです。

保阪　なるほど。ドイツを破綻に追い込んだ大人たちに対して、下の世代がノーを突きつける世代間闘争的な側面があったのでしょうか。

池内　ナチズムというと悪い奴ばかりというイメージが定着していますけど、青少年の側からすれば、いわば理想を実現していく過程としてとらえていたわけです。もちろん、そういう具合に教育をしていったということもありますが。

当時のまだ将来がある若年層が一番飢えていたのは「理想」や「夢」ですから、夢と理想を政治に持ち込む。具体的にはみんなの団結とかヒットラーユーゲント的ないろんなチームをつくって、それぞれのユニフォームに略語で印をつけていく。そうやって集団化していくという過程は、ある意味で二一世紀の今の世界全体の潮流と等しいんですよね。

だからナチズムがやろうとしていたことは、大雑把に言えば、現在のアメリカの流れと重なってくる、と私は思うんです。

でも一般にナチズムというと、悪の要素が非常に強調されてくる。しかし悪の要素というのは、要素自体があったわけではなくて、悪として利用した側面が大きい。たとえばユダヤ人の排斥とか、アンチ・コミュニズムとかね。

ユダヤ人排斥というのは確かに過激などうしようもない政策であったにしても、ドイツ人のかなりの部分がユダヤ人への反感を持っていたのは事実です。フランス人もそうだし、世界的に反ユダヤ的なものがあって、それをナチズムは非常に巧みに利用したということだけですから。

保阪 問題をそこへ収斂することによって、他にいろんな問題があるのがむしろ隠されてしまう。

池内 そういうところがありますね。

ゲッベルスやヒムラーは有能だったか

保阪 日本とユダヤ人との関わりという点で僕が引っかかっている人物がおりまして、これはよく話すんですが、第一次世界大戦のときにフランス軍に従軍した日本の軍人で四王天延孝というのがいます。フランス陸軍というのが反ユダヤの巣窟で、四王天はその話を真に受けて帰ってくるんですよ。

昭和四、五年から反ユダヤの団体をつくって活動を始め、ついには昭和一七年の翼賛選挙に出馬して一〇万票以上集めて最高得票で当選します。彼の演説というのはアメリカとの戦争はユダヤが仕組んだ、だから我々が叩かなきゃいけないのはユダヤだというもの。この反ユダヤ的感覚というのは、三国同盟を結んでドイツに親近感を感じているから、なんていうものとは違うし、何なのかなと。

池内　不思議な現象ですね。日本人というのはユダヤ問題に関して一番疎い存在ですから。ナチ時代の初期にユダヤ人たちが、ユダヤ系ドイツ国民に早く国を出なさいという本を作るんですね。そのなかで移住先として、いろいろな国を分析してこの国はお勧めの国だとか、この国は絶対行っちゃダメだとかいう具合にきちっとデータを出しているんです。

そこには日本についても触れられていて、日本は反ユダヤ性はほとんどないと。ただし外国人に対しての扱いはそれほどよくはないから、教師として居着くならともかく、日本に定住するのではなく通過する国として扱えと、そういう評価ですね。排斥もされない代わりに優遇もされないと。能力があってもこの国では発揮する場がないだろうという評価です。

保阪　日本人はどちらかというと、ユダヤ問題に関してはあまり偏見がないですよね。

池内　そう、偏見がない代わりにそれ以上勉強もしないからよくわからない。学ぼうとしないから、ちょっとゴシップ的なニュースが流れると、それを疑うことなく信じたりしがちですね。

保阪　ナチズムの本を読んでいつも疑問に思うのは、ゲーリングやゲッベルス、ヒムラー、ボルマンといった人たちの人間としての器、つまり知性や人間性というのは、ドイツ人全体のなかで見ても、高いレベルの人だったのかという点なんです。

池内　人間的な面ですか？

保阪　知性とか、思想とかの面で。ナチスの背後にいる学者たちが優秀であったことは理解できるんだけど、ゲーリングやゲッベルス、ボルマンという連中に何の才能があったのかよくわからないんですよ。

池内　大変な才能があったと思いますよ。ゲッベルスなども本当に切れ者でね。雄弁で頭の回転が速くて、先読みもできた。ゲーリングも非常に優秀でした。

保阪　ゲーリングもそうですか。まあ彼は第一次大戦の英雄で…。

池内　飛行機乗りでしたけどね。政治家としても有能だったんですね。

保阪　ヒムラーも、それに匹敵する政治家だったのですか？

池内　彼は実直な人間ですが、ナチスのような組織のなかで、ある段階を突破したときに歯止めがきかなくなりましたね。人間にはそもそも、ある段階を超えると歯止めがなくなっていくという精神的な弱さがあるんじゃないでしょうか。ただ政治的な見通しについては彼らは非常に正確だったと思う。だけど次第に思った方向に行かなくなっていった。そもそも戦争を始めた段階ですでに収拾がつかなくなっていたのではないかと、そういうふうに僕は見ていますけどね。

活字箱をぶっ壊したドイツ、活字を供出した日本

保阪　ナチスの勃興してくるときのある種の暴力性というのは、彼らの物理的な暴力自体が他の政治勢力に恐れられたということが、もちろんあるわけですよね。

池内　ナチスの場合、第二の軍隊ともいうべき突撃隊ＳＡがありました。ただ、ナチスに限らずどの政党も、それに似た私兵組織を持っていたんですね。共産党も政党を護衛する集団を持っていたし、社民党も持っていた。そこはドイツの一種の後進性だったといえます。

政党の催しがあるとみんなで護衛していて、そこへまた他の政党の集団が殴り込みをかける。だからワイマール時代の写真を見ると、イベントには必ずその手の混乱がつきもので殴り合いの様子が写っています。そこがドイツの泣きどころで、近代政党政治になりきれなかった部分なのです。

そうやって突撃隊が肥大していくと、何が起こったか。ドイツの新聞社は日本と違って大新聞ではなく、それぞれの町に昔から発行している新聞があって、だいたい進歩派のものが多かった。みんなせいぜい一〇人ほどの小新聞社で、とにかくこの町あの町あらゆるところにありました。

突撃隊はそこに押しかけていき、活字箱をひっくり返したり、活字をかっさらったりしたのです。そうすると、もう新聞を出せないわけですよね。とにかく突撃隊は汚れ役ですから、何でもした。暴力でもって一元化といっても人間を殴ったわけではなく、活字箱をぶっ壊したんですよ。一方でナチス系統の印刷所は動いていて新聞は出る。情報が非常に短期間に一元化されて、ナチスのニュースしか流れなくなっていったのは、こういう背景があります。

保阪　日本の新聞にしても、戦時中はもはやジャーナリズムというよりも政府・軍部の宣伝要員にすぎませんでした。あれほど鬼畜米英だと紙面で罵っていたのが、終戦後はケロッと「さあ、これからは民主主義だ」と言い出す。結局、そこが商業メディアの限界で、戦争報道は儲かるからなびいてしまうし、時の世論に迎合せざるをえない。

池内　日本では活字はひっくり返さなかったですが、活字を溶かしたんですね。日本の印刷業者が、お国が金属不足で困っているというときに、我々はいろんな金属を持っているから、ここは一つお国のために尽くそうじゃないかと全国大会を開いて、決議するんですよ。

そのときに明朝体ともう一つゴシック体の活字さえあれば本はつくれるから、その他のいろいろな活字は「変体活字」と名づけて、お国に差し出そうじゃないかと。本当は差し出すのではなくて、売るわけです。だからそうっと変体活字をかますに詰めて、そうっとトラックが来て、そうっとお金を渡して、そうっと持っていったって。

これがとても日本的だなあと思うのです。密かに活字を処分してしまうというのが。

詩人の恩地孝四郎の後援者だった岡山の人が、それを告発したんです。とても活字が好きな酒蔵の主人で優雅な活字の本を作っていた人ですが、変体活字がいかに密かな商売になっているかということを自分の雑誌で告発した。ところがそのとたん、紙の割り当てがなくなって雑誌が出せなくなってしまった。

保阪　戦時中は新聞や雑誌の用紙も配給制となり、ちょっとでも気に入らない記事があると紙の配給をストップすると脅しましたね。よく使われた言論弾圧手段でした。

池内　ドイツの暴力的な文字統制に対して、日本は文字を売っぱらっちゃったんですから、どっちが悪いって、売っぱらうほうが逆に犯罪的な感じがしますよ、という話をしたことがあります。そうしたら、誰もそのことを知らなかったし、本当に変体活字なんてあったんですかと。そういう本を書いた人がいますよって紹介しましたけどね。

戦後になってそういう歴史も書き残されているのに、当事者の印刷関係者はみんな脛に傷があるから言わずに伏せておく。全体を伏せておけば、そのうちに忘れられるだろうと……。こういうことも、非常に日本的な現象だと僕は思うのです。

赤紙がきたとき、隻眼の父は『俺のところにくるようじゃ、この戦争はもうダメだ』と思ったそうです

逢坂　剛

Keywords

「中華街」としての神保町
近藤重蔵と北海道
吉村昭『羆嵐』の世界
父に届いた召集令状
スペインと諜報戦
フランコは善か悪か
作家の収集資料をどう残すか
etc.

逢坂　剛（おうさか・ごう）
1943年東京生まれ。博報堂入社後の80年に『暗殺者グラナダに死す』でオール讀物推理小説新人賞、86・87年に『カディスの赤い星』で直木賞、日本推理作家協会賞、日本冒険小説協会大賞。2014年に日本ミステリー文学大賞。15年に『平蔵狩り』で吉川英治文学賞。他に『長谷川平蔵シリーズ』『近藤重蔵シリーズ』『百舌シリーズ』など著作多数。日本推理作家協会理事長も務めた。

共通点は「神保町での古書探し」

保阪　逢坂さんは推理小説や時代小説といったエンターテインメント作品を手がけられてきました。僕は昭和史をテーマにしたノンフィクションでやってきた人間ですから、同じ物書きとはいえまったく違うジャンルですよね。

　でも、いろいろ考えたら「神保町」という共通のキーワードというか、場があるんですよ。逢坂さんがお勤めになっていた博報堂を退職されてから、神保町に事務所を構えて専業作家になられたのは有名ですし、お書きになられてきた小説にもたびたび神保町が登場します。僕も若いころから神保町には資料探しでずいぶんお世話になったものです。

逢坂　確かに小説には神保町をよく使いますよ。何しろ、私がここへ通いだしたのが小学生の頃なんです。親父が挿絵画家（**中一弥**[1]）でしたから、資料を探すときは神保町に来ていたので、よく親父にくっついてきたんです。

　大学（中央大学）もここからすぐ近くの駿河台でしたから、神保町の雀荘で友だちと麻雀やってから行ったり（笑）。就職した博報堂も当時は本社が神田錦町で、これも神保町の隣近所みたいなもんです。もう、かれこれ六〇年以上この辺に通ってることになりますね。

保阪　僕は昭和四〇年代に物書きを始めたんですが、その前の三〇年代くらいから昭和史関係の古書を集めようと思って神保町にはずいぶん通いました。でも、この街もあのころと比べるとかなり変わった感じがしませんか。

逢坂　それが、私からするとあまり変わった感じがしないんですよね。たぶん、のべつ見てるからなんだろうけど。

もちろん、昔からあった古書店や店なんかがなくなったりはしていますが、目に見えない「神保町文化」みたいなものがここには確かにあって、それ自体はどうも変わってないように思います。

二〇〇四年にお笑いの吉本興業の東京本社が神保町に移転してきて、神保町花月がオープンしたんです。そのときに地元の人たちの間で、お笑い芸人の追っかけみたいな若者が押しかけてきて、街の雰囲気が壊れるんじゃないかってすごく心配したんですよ。でも、そうはなりませんでした。

やはり「神保町文化」とは馴染まないものだったのかもしれません。

保阪　神保町での古書探しは本当に面白いですよね。特に店によって品揃えに特徴があるところが面白くて、たとえばここはラジオ関係の本が多いとか、あっちの店は詩に関するものばかりだとか。

1　**中一弥**（なか・かずや　一九一一～二〇一五）　挿絵画家の小田富弥に師事し、直木三十五の新聞連載小説『本朝野士縁起』の挿絵でデビュー。池波正太郎の三大シリーズ『鬼平犯科帳』『剣客商売』『仕掛人・藤枝梅安』をはじめ、山本周五郎や藤沢周平などの時代小説の挿絵を数多く手がけた。一九九三年に菊池寛賞受賞。小説家の逢坂剛氏は三男。

逢坂　古書店ごとにきちんと住み分けができているんですよね。だから古書店の数は多くても、競合しないでやっていけるんです。

保阪　とにかく欲しい本がいっぱいあるじゃないですか。そうすると、あの本はこの店のここの本棚の上から二段目とか、あれはあそこの店の奥の棚の右端とか、全部憶えてるんですよね。

若いころはそんなにお金がなくて買えなかったから、しばらくしてまた店に行ったときにその棚を確認して、ああよかった、まだ売れずに残ってたとホッとしたりして（笑）。

逢坂　その感覚、わかるなあ。私もよく古書店巡りをしますが、ある店で欲しかった本が見つかるじゃないですか。でも、他の店にもっと安かったり、状態のいいものがあるんじゃないかと欲を出して、もう少しまわってみようと。

それで、何軒かまわっても見つからなかったので、すぐにさっきの店に戻ってみたら、憶えていた棚に本がない（笑）。ほんの数十分だったのに、その間に売れちゃったんです。「クソー、誰だオレの本を買ったヤツは」なんて気持ちで、でもまだ買ってないから自分の本じゃないんだけど（笑）。そんな経験、何度もあります。

保阪　今でも憶えてるのは、昔の憲兵に関する分厚い資料で、古本でも二万円以上の値段がついてたんですよ。買うお金はないけど、どうしても欲しいから、店主に「これを買いたいという人が来ても売らないでください。自分が必ず買いますから」って頼んだこともあります（笑）。あんたは何者だと聞くので、今僕は昭和史を勉強していてどうしても必要だからと説明したら、店主が「そんなこと言ったって、お客さんから欲しいと言われたら断るわけにいかないじゃないか」と。確かにその通りなんだけど（笑）。

神保町の古書って、同じ本でも店によって微妙に値段が違いますよね。もちろん、本の状態とかで判断してるんだろうけど、何か基準みたいなものがあるんですかね。

逢坂　どうも、大手の一誠堂さんの価格が標準になってるみたいですよ。地方の古書店なんかも一誠堂の目録を参考にして自分のところの値段を決めていると聞きました。今はインターネットで古書が流通するようになったのでその慣習は薄れてきてるようですが、ただ一誠堂が扱う本は状態がいいだけあって、概して値段が高い。

保阪　神保町の古書の値段の決まり方というのも、面白いんですよね。たとえば企業などが創業何十周年とかで出す社史があるでしょう。あれが意外と、古書で並ぶとけっこうな値がついたりします。

逢坂　そうそう、かなり高いですよね。神保町には昔、社史専門の古書店があったぐらいです。

保阪　あと、地方の郷土史に関する本も概して高値で売られています。

逢坂　郷土史というのは、東京ではなかなか手に入らないから、高いんですよ。地元で探して買うのが、安くて数も豊富で、お得なんです。

「中華街」としての神保町

保阪 そういえば、神保町という地名の由来は何なんだろう?

逢坂 私の知る限りでは、江戸時代に神保伯耆守《じんぼうほうきのかみ》という旗本の屋敷が神保町の近くにあったので、それで今の「すずらん通り」と、白山通りを渡って続く「さくら通り」が神保小路と呼ばれていたそうです。

保阪 確か明治時代に都電が走るようになって、大通りの靖国通りや白山通りが拡張整備されたんですよね。それまでは、すずらん通りがメインストリートだったのかな。

逢坂 そうなんです。今だと靖国通りにズラッと古書店が面していてそちらが表通りという印象ですけど、その前はすずらん通りが「表神保町」で、靖国通り側は「裏神保町」だったのです。

保阪 逢坂さんが小説で神保町を舞台として使うとき、どんなイメージで使うんですか。何かこう、静かにものを考える場面でとか。

逢坂 いや、そんなこと考えないで、けっこう日常的に使っちゃいますね(笑)。登場人物が神保町で、お茶を飲んだり食事したりするシーンでは、実在の店の名前もどんどん小説に出してます。ただ、登場人物がその店で、事件を起こしたりするとさすがに差しさわりがあるので、そういう場合は改名しますけど（笑）。だから、神保町の「ＰＲマン」みたいなもんですよ。

　私の小説を読んで、そこに出てくる店に行ってみたいと、神保町に来る読者の方もいます。それは「イベリア・シリーズ」でも同じで、小説のなかで現地に実在するレストランなどを、けっこう使いましたから。「どこそこ通りの角にタバコ屋があって〜」とか細かいことまで書いてるから、私の『カディスの赤い星』をわざわざ持ってスペインに行ってきました、なんていう読者にたまにお目にかかると嬉しくなりますね。

　小説に実在の店を使うのは、自分の心覚えでもあるんです。ただ、小説に名前を出した店が、後で閉店してしまうケースも、よくあります。神保町の有名な老舗喫茶店「さぼうる」の向かいに、一時期高級フレンチレストランがあって、小説にも登場させたことがあったけど、一年ぐらいで閉めちゃいました。神保町って、高級すぎるお店はなぜか流行らないんです。

保阪　最近は中華料理のお店なんかもずいぶんできてますよね。

逢坂　そもそも、神保町というのは歴史的にも「中華街」なんですよ。明治時代に近代化を始めた日本に学ぼうと、中国から大勢留学生がやってきて、この界隈の学校に通うようになったんですね。それで、中国人留学生相手の中華料理店が、できはじめたそうです。

　神保町に昔からある「三大中華」といえば、上海料理の「揚子江菜館」と「新世界菜館」、四川料理の「廬山菜館」でしたね。ただ「廬山菜館」がなくなってしまったのは残念ですけどね。

あと駿河台下にこれも老舗の「漢陽楼」があって、あの周恩来が留学生時代にずいぶん通った店なんだそうです。

保阪　そうか、周恩来は駿河台にある明治大学に通っていたんですよね。

逢坂　神保町二丁目にある愛全公園には「周恩来ここに学ぶ」と書かれた石碑もあります。周恩来は当時、神田の旅館で暮らしていたとか。

神保町というと「活字文化」ですけど、一方では「食文化」も優れていますよね。美食家としても知られたあの池波正太郎さんも「揚子江菜館」名物の上海やきそばが大好物で、神保町に来るたびに立ち寄っていたそうです。

終戦直後の駿河台からの風景

保阪　ここに実は神保町の古い地図があるんですよ。地図が専門の武揚堂という会社が復刻した「火災保険特殊地図」というもので、昭和二〇年代後半ごろの様子がよくわかります。住宅地図みたいに、住んでる人の名前や店舗の名前が全部出てますから。

逢坂　ほう、こりゃ凄い。白山通りと靖国通りに、まだ都電が走ってるころだもんね。映画館の「神田日活」や「東洋キネマ」も懐かしいなあ……。あれ？　靖国通りの「神田日活」の並びに「ランチョン」が見当たらないですね。

保阪 「ランチョン」といえば、吉田茂の息子で文芸評論家だった吉田健一がよくビールを飲んでたところですよね。

逢坂 あ、「巌松堂」がある。靖国通り沿いの老舗の古本屋だったんだけど、だいぶ前になくなっちゃったんですよね。

保阪 神保町を通っていた都電は新宿の方に走っていたんでしたっけ。

逢坂 確か市谷経由で、新宿に行けましたよ。駿河台下の交差点は、あのころ都電がずいぶん通ってましたよね。戦時中くらいまでは、お茶の水の方からおりてくる都電も、あったそうですよ。これ懐かしいな。でも古本屋さんは結構残ってるんですね。東陽堂はもちろんありますしね。

保阪 ここにある村山書店や小宮山書店も健在ですね。

逢坂 ええ、悠久堂もまだあるな、今。

保阪 共立女子大や如水会館の施設にGHQのジムとか、クラブって書かれてますね。まだこの頃は占領下で、GHQに接収されていたんでしょう。ここをずっと行ったら逢坂さんがいらした博報堂でしょ。錦町の方の。

逢坂 そうですね。近くにあった「野崎刃物店」がなくなっちゃったんだよな。明治何年かの創業で相当古い店だったんですよ。しかし「ラドリオ」は載ってないですね。「ラドリオ」ができたのは一九五〇年だから、昭和二五年なんですけど。学生時代、「ラドリオ」の上にあった雀荘に、よくたむろしてたなあ。

保阪 「ラドリオ」って、戦前からあったわけじゃないんだ。

逢坂 そんな古くないです。戦後です。戦前からあったのは神保町一丁目の「茶房きゃんどる」っていう喫茶店ですね。

保阪 すずらん通りの天ぷら屋さんの「はちまき」はありますね。

逢坂 えっ、このころに「はちまき」あったの？　あ、ホントだ。

保阪 こうやってみると、三省堂とか一誠堂が大きかったんですね。

逢坂 三省堂の横にある冨山房も、戦前は辞書の大手だったから建物も立派ですよね。あ、「モーリ」があるな。すずらん通りの文房堂の並びにあった洋食店で、私が博報堂に入った頃にもありましたからね。もうなくなっちゃったけど。

こういう、お店の名前とかまでちゃんと書いてある地図って、使用する側にとっては価値が高いんですよ。今度他のもないか探してみよう。

保阪 有名な喫茶店の「さぼうる」が地図にはないですね。

逢坂 この「社宅」って書いてあるあたりなんですけどね。その向かいに「地久庵そば」ってあるでしょ。保阪さんがご存知かわからないけど、昔有名なイラストレーターで西部開拓史の研究者でもある**津神久三**[2]さんって方がいらしたんです。本名は小林久三なんだけど江戸川乱歩賞作家と同じ名前なんで、自ら変えて「津神久三」というペンネームで活躍された方なんです。その人の親戚がこの「地久庵そば」なんですよ。

保阪　「小学館」もあるけど、そのなかに「集英社」って小さく書かれてますね。

逢坂　まだこのころの集英社は小学館の子会社みたいな存在でしたから。

保阪　そもそも太平洋戦争のとき、神保町はどうだったんでしょうね。空襲にあわなかったのかな。

逢坂　明大通りは被害が少なかったようなんです。博報堂も建物は無事だったんですが、終戦直後は博報堂からずっと靖国通りまで見通せたといいますから、神保町界隈はだいぶやられたんですね。

保阪　じゃあガレキの山に。

逢坂　私のイベリア・シリーズの完結編にあたる『さらばスペインの日日』で、主人公のスペイン駐在武官が終戦後に引き揚げてきて、米軍に接収されていた駿河台の「山の上ホテル」（建設時はホテルではなく「佐藤新興生活館」）でGHQの取り調べを受けるシーンがあります。それを描写するために、当時あそこから見た風景はどんなものだったのかを調べてみたら、そういうことがわかったんです。あの辺は両側がうまく焼け残っていたんですね。米軍が接収する予定の建物を避けて爆撃したとかい

2　**津神久三**（つがみ・きゅうぞう　一九二五〜二〇一七）　東京美術学校（現東京芸術大学）を卒業後、イラストレーターとして渡米し、版画や広告・出版界で活躍。西部劇の研究家としても知られた。

う話もあるみたいですけど、そんなことが技術的に可能だったのかどうか。

保阪　戦争直後は東京大学の屋上から品川の海が見えたそうですよね。視界を遮るものが何もないくらいの焼け野原という状況だったと。

逢坂　そういう光景というのは、実際に見た人以外ではちょっと想像できません。

保阪　逢坂さんのように神保町をこよなく愛した作家っていうのは、他にいるんでしょうか。明治・大正期とかで……。

逢坂　神保町について書いている人はいないわけじゃないけど、そんなに綿密に書いている人はあまりいないんじゃないでしょうか。最近ではフランス文学者の鹿島茂さんぐらいですよ。

ちょっと前に、島崎藤村とかの時代に活躍した文芸評論家の**馬場孤蝶**[3]の本を読んでいたら、わりと神保町のあたりのことを書いていて面白かったですよ。私は高校が開成高校なんですが、開成は明治四年に「共立学校」として誕生して、馬場孤蝶はその共立学校の出身なんです。当時は淡路町にあったのでこの辺のことを書いてましたけど、やっぱり戦前から古本で有名だった街なんですね。

六〇年安保の学生時代

保阪　僕は同志社大学だったので学生時代は京都に住んでいたのですが、六〇年安保のデモに参加するのに、二回ほど東京に出てきたことがあるんですよ。

逢坂　へえー、デモにきたんですか？

保阪　僕が所属していたセクトの幹部から「おまえ東京に行っていいよ」って言われて。当時は寝台列車で、京都を夜一一時半に発つと、翌朝の八時ごろに東京に着くんです。そうすると東京駅に仲間の学生が迎えに来てて、入場券をくれるんです。京都でも入場券で乗ってるから。

逢坂　キセル。昔はみんなやったんですよね。

保阪　僕はブントだったんだけど、当時の国労にもブントがいたんですね。それで京都で乗るとき、何号車に乗れって指示がある。しばらくして車掌さんが検札にくるんだけど、入場券を見せるとその車掌は何も言わないで行っちゃう。要するに車掌さんもブントの仲間なわけ（笑）。

東京駅に着くとそこにも仲間が待っていて、近郊までの切符を渡して、どこどこの駅で降りろと指示するんですね。もちろん今ではいけないことですけど、たかが学生といえども組織になるとここまでやるもんなのかと驚いたおぼえがあります。

逢坂　なかなかスリルのある体験じゃないですか。

3　**馬場孤蝶**（ばば・こちょう　一八六九～一九四〇）　英文学者。明治学院在学中に島崎藤村、北村透谷らと親交を深め、『文学界』創刊（一八九三年）時から同人となる。トルストイ『戦争と平和』の翻訳や、『明治文壇の人々』などの著作で知られる。

保阪　昔、全学連の指導者だった人とそういう話を昔話でしたら、彼らはもっとすごかった。例えば誰かが九州から東京に乗って行くとしますよね。そのときに、東京までじゃなくて札幌までの切符を買うんだそうです。一方で札幌から別の仲間が東京にくることになっていて、その男は札幌から九州までの切符を買ってるわけ。
それで申し合わせて東京で途中下車した際に、二人で切符を交換するんだそうですよ。
逢坂　それ、犯罪小説のトリックに使えそうな気がするなあ……（笑）。
保阪　僕がこんな話をすると関西の人たちに怒られるかもしれないけど、学生時代を関西で過ごしてみて気づいたのは、兵庫や大阪、京都の人たちはそれぞれタイプが違うんですね。
たとえば喫茶店で彼らとコーヒーを飲むでしょ。いざ会計というときに、まずテーブルにある伝票を持たずに席を立つのはほとんど京都人（笑）。「おごってもらったよ」という雰囲気がありありなんです。
一方で神戸の人はお金持ちの家に育った人が多いからか、割と自分から伝票をとりますね。大阪人ははっきりしてて、五分五分。今日はおごるから今度おまえおごれよと言う。そういう違いを、なんとなく学生時代に気がついたんですよ。
逢坂　京都の人は払わないんですか？
保阪　なんだかんだ理由をつけて払わなかったですね。それと、京都人は大阪人を「品がない」とかどこか下に見るところがあって、大阪人は大阪人で京都人を「あいつらすましやがって」みたいに言う。

こうした県ごとの違いって、軍隊でもあったそうなんですよ。日本陸軍は郷土連隊でしたから、出身者がまとまったかたちで戦地に送られるんだけど、大本営の参謀だった人にいわせると、出身県によって隊の性格にやはり違いがあるというんです。

例えば京都と大阪でいうと、京都の部隊は「お公家さん」と呼ばれていて、どちらかというとネガティブな意味なんです。性格的に、ここぞというときにワーッといかないそうなんです。一方の大阪の部隊は実利主義というか、無理な作戦には無理というところがあったそうで、これも運用する側からするとあまり評価は高くないんです。逆に東北出身の部隊は実直で、やれといわれるととことんまでがんばる傾向があったとか。

逢坂 ヘェー、でもそういうの確かにありますよね。保阪さんは北海道のご出身だから、関西へ行って驚かれたこともあったでしょう。

保阪 北海道って、ゴキブリがいないんですよ。だから京都で下宿をしはじめて、夜台所に行って水を飲もうとしたときに生まれて初めて見たんです。でも最初はゴキブリだと思わなくて、セミだと思った（笑）。

逢坂 それすごいな。

保阪　どうして台所にセミがいるんだろうと思って。地元の人には恥ずかしくて聞きづらかったから、おふくろに電話して聞いた覚えがあります。逆に北海道にしかいない雪虫は知らないでしょ？

逢坂　名前は聞いたことがあるけど……。どんな虫ですか？

保阪　雪が降る前に、軒先に小さな白い虫が塊になって舞うのよ。それが現れると、明日は雪だなってわかるんです。

逢坂　ええ？　そうなんですか。

保阪　確か井上靖さんの『しろばんば』に出てきますよ。ほんとに糸みたいな小さな虫が、塊になるんですよ。イワシが群れているような感じで。

逢坂　そうか、井上靖さんは旭川の出身だから。

「近藤重蔵シリーズ」と北海道

保阪　逢坂さんは、北海道へは？

逢坂　ええ何度か。最近も講演に呼ばれて函館に行きました。

保阪　北海道は、基本的にお金を払って誰かの講演を聴きに行く機会があまりないところなんですよ。これは僕の勝手な論なんだけど、北海道って一年の四分の一くらいは雪でしょ。だから部屋にこもっちゃうんです。だから出かけていって人の話を聴いたりなんかするのは楽しみなんですよ。

逢坂　そうなんですか。二〇年以上前に北海道の図書館から講演を頼まれたときに、ギャラを聞かなかったんですよ。だいたい図書館の講演だと、三万円から五万円くらいが講演料の相場なんです。終わってからどうぞって講演料を渡されたときに、ゼロの数がすごく多くて驚いたんです。間違いじゃないかと思ったほど。もう慌てて帰りましたよ（笑）。

保阪　ところで逢坂さんには江戸時代に北海道を探検した**近藤重蔵**[4]が主人公のシリーズもありましたよね。

逢坂　イベリアのシリーズも十何年かかりましたけど、近藤重蔵シリーズも同じくらい時間がかかっているんです。調べだしたらきりがなくてね。

なんで近藤を選んだかというと、例えば**最上徳内**[5]とか間宮林蔵は有名なんだけど、それに比べて近藤の知名度が低かった、ということがあります。それと、蝦夷地で非常に功をあげたのに、人柄が狷介すぎるところがあって、面白いなと思ったんです。晩年には息子が殺人事件を起こしたりして。

4　**近藤重蔵**（こんどう・じゅうぞう　一七七一〜一八二九）　江戸駒込生まれ。一七九八年に松前蝦夷御用取扱を命じられ、最上徳内らと択捉島に渡り、開島に尽力。一八〇七年には利尻島を探検。後に書物奉行となるが長男の殺傷事件により改易となる。著書に『辺要分界図考』など。

5　**最上徳内**（もがみ・とくない　一七五五〜一八三六）　出羽国生まれ。江戸で測量術や航海術を学び、幕府の蝦夷地調査隊に参加して国後島、択捉島、ウルップ島を探検した。著書に『蝦夷草紙』『渡島筆記』など。

私も、近藤重蔵のシリーズを書いているときに、ずいぶん北海道のことを調べましたが、とてもいいところで、私も好きですよ。特に函館なんかはこぢんまりとしててね。

保阪　函館の一昔前の老人って、例えば札幌から来たという人に「あんた、奥から来たの」という言い方をするんです。函館というのは歴史的に松前藩の入り口だったところだからなんでしょうね。だから函館以外はみんな「奥」。

逢坂　へぇー。確かに札幌は今でこそ大都市ですけど、江戸時代にはたいしたことなくて。

保阪　もともとは小樽が松前藩の交易地として古い歴史がありますよね。札幌は石狩川の湿地みたいなところで。

逢坂　ロシアが南下してくるなかで、それをどうしたらいいかということで、近藤重蔵が蝦夷地を探検するわけだけど、道南の松前とか函館というのは交通面ではいいけど、ロシアが攻めてきたら防衛力がないぞと。だから道央、たとえば札幌に中心地をつくるべきだ、と幕府に上申しているんです。それが実現したわけですよね。

保阪　でもやっぱり北海道というのはルーツの異なる人々の集まりなんですよ。僕らが中学生のころなんかも、「お前んちはどこから来た?」なんてよく話しましたよ。親父は広島でおふくろは東京だとか。札幌の近くに「広島町」というのがあるんですが、これは広島から来た人たちが開拓したからその名がついたそうです。仙台から入植したところは「伊達町」で、東京の小平からなら「小平《おびら》」。

吉村昭『羆嵐』舞台での恐怖体験

逢坂 江戸の寛政年間には、八王子千人同心[6]が今の北海道の苫小牧に、開拓に入ったりもしてますもんね。死者を大勢出して失敗するんだけど。

今だって、何百年も人跡未踏なんて山が、まだあるそうですからね。

そうそう、吉村昭さんの小説に『羆嵐』（一九七七年）ってあるでしょ。留萌にある苫前村（現苫前町）の三毛別というところで、大正三年にヒグマが何人もの開拓民を襲った事件があって、それを題材にした小説ですね。

昔、北海道に行ったときにちょうどその辺を通ったんですよ。乗ってたタクシーの運転手が『羆嵐』の現場が近くにあるけど行きますかというから、おお行こう！ ということで。

もう夕方だったんですが、閉まってるといけないと思って、役場に電話したんですよ。そうしたら役場の人が「別にいつでも入れるけど、熊が出るから気をつけてください」と言うんです。その言葉で急に背筋がゾクッとしました。

6 **八王子千人同心** 武蔵国八王子に在住した江戸幕府の郷士集団。元来は国境警備を目的としたが将軍の日光社参の供奉や江戸火消役も務めるようになり、幕末期には蝦夷地の警備や開発にもあたった。

暗くなってても運転手はどんどん走っていくし、ガラス越しに「熊出没注意」の標識が見えるとますます怖くなって（笑）。ようやく運転手が車を止めて「着きました」と言うんだけど、ただ木々が鬱蒼としたところでね。降りようとしたら「待ってください」と運転手が急に真剣な顔つきで言いながら、いきなりクラクションを三〇秒ぐらい鳴らしっ放しにしたんです。こうすれば、熊が近くにいても驚いて逃げるからって。

それで車の外に出たんだけど、怖くて怖くて。暗がりの先に小屋らしきものが見えたので、目を凝らしたら北海道のお土産屋とかでよく見かける、大きなクマの彫り物がぽんと置いてある。それが、ものすごくでかいやつなの。あれ見たときは、ホント生きた心地がしなかったですよ（笑）。

保阪　食べられなくてよかったですね（笑）。それと、北海道の歴史を語る上で忘れてはいけないのが先住民だったアイヌの存在です。北海道というのはロシアの脅威に対する北方防備と開拓によってできたアメリカに似た「人工国家」のようなところだと思うんですが、もともとそこに住んでいたアイヌの人たちにしてみたら、自分たちの土地に勝手にやってきた倭人によって同化政策を押しつけられたということになります。北海道の市町村の地名の八割がアイヌ語に由来するという事実もあるわけですから。

逢坂　そうなんですよ。

保阪　今の若い世代にはあまりピンとこないかもしれないけど、僕らの子ども時代にはずいぶん、アイヌの人たちを馬鹿にする言葉を平気で大人が使っていました。大人がそうだから、子どもにもそういうのが刷り込まれてしまうんです。当時は倭人と呼ばれたんでしょうけど、アイヌと日本人が鮭の取引をするときに、日本人が数を数えるんですよね。「はじめ」って言って、一、二、三……九、一〇まできて「終わり」で一二匹にしちゃう、そんな話聞きましたよ。要するにアイヌは数を知らないという話なんだけど、大変失礼な話だよね。

逢坂　差別的な発想ではなかったけど、もう刷り込まれちゃってるわけですよね。

小説を書き続けてきて思うんですけど、最近は以前のような「言葉狩り」がずいぶんなくなりましたね。テレビの方がまだ厳しいのかもしれないけど。「インディアン」という言葉だって、私は小説では使ってるけど、テレビではご法度で「先住民」としなきゃいけません。

あと「酋長」という表現もダメだというから私も「族長」って言い換えてますけど、そもそも「酋長」だって悪い意味じゃないんですよね。「酋」も上に立つっていう意味ですから。でも使いたがらないですよね。

じゃあ誰が怒るのかっていったら、向こうも答えられないですよ。差別的な意味があるからだめなんだと。ちゃんと漢和辞典を調べてごらんなさい、そんな差別的な意味はないんだって。

もちろん好んで争いたくはないけど、そういうのがけっこう多かったんですよ。村上春樹さんが翻訳した米国人作家エルモア・レナードの『オンブレ』(二〇一八年)っていう西部小説があるんですよ。

それ読んだら「酋長」って言葉を使ってるんですよね。これはなかなか英断だなと思いました。村上さんが使えば、もう免罪符になるんじゃないかって。

父・中一弥は「画兵」だった?

保阪 ところで逢坂さんのお父さまは時代小説の挿絵を手がけられた中一弥さんですよね。池波正太郎の『剣客商売』とか『鬼平犯科帳』の、あの挿絵を描かれた。ご出身はどちらだったんですか。

逢坂 親父は大阪の河内というところの生まれです。それから宝塚で絵の修業をして、東京に出てきたのは戦後になってからですね。

保阪 じゃあ、お父さまはずっと関西弁で?

逢坂 ええ、いちおうは家の中でも標準語を話すんですが、関西弁のなまりやアクセントはずっと抜けませんでしたね。私なんかも知らずにその影響を受けてますから、あなたは関西の人ですかって聞かれたこともあります。関西弁特有のなまりがあるんだそうです。

保阪 逢坂さんは昭和一八年生まれだから戦争の記憶はもちろんないでしょうけど、お父さまは。

逢坂 親父は子どものときに栄養失調で片目をほとんど失明していたんですけど、それでも昭和二〇年の春先に赤紙(召集令状)が来たんだそうです。徴兵検査では甲・乙・丙の丙だったとか。

そのとき親父は「俺のところに来るようじゃ、この戦争はもうダメだな」って思ったと話してましたよ。だって、目の不自由な者まで駆り出さなきゃいけなかったわけだから。

保阪　本当に酷い話です。当時の徴兵検査の判定基準は逢坂さんのおっしゃる通り「甲乙丙」で知られていますけど、実はその下に「丁」と「戊」がある「甲乙丙丁戊」の五段階だったんです。

逢坂　へぇ、甲乙丙でおしまいかと思ってた。でも、そういえば**中野重治**[7]の小説に『甲乙丙丁』というのがありましたね。

保阪　身体に障害があったり病気などで兵役に不適格とされたのが「丁」「戊」なんです。なかには兵役を逃れようとする悪知恵の働く連中もいて、どうするかというと、徴兵検査の前に酒を飲んでおくんだと。それで走る検査が終わって「整列」となったときに、太陽の下のあたりを見るんだそうです。太陽を直接見たら失明しちゃうけど、下のあたりなら大丈夫で、飲酒のせいで心臓の動悸も激しくなっているところであんな光を見れば卒倒しちゃうらしい。それで「こいつはダメだ」ということで外されると（笑）。

逢坂　親父の場合は奈良の方で、竹やりで飛行機を落とす（？）訓練をしているうちに、戦争が終っ

7　**中野重治**（なかの・しげはる　一九〇二～一九七九）　小説家。東京大学卒業後、林房雄との交友からプロレタリア文学運動に参加。『夜明け前のさよなら』などを発表するが検挙され、転向。戦後は新日本文学会結成の発起人となり、参議院議員も経験した。

たそうですよ。ただ面白いのは、親父が絵描きだってことがわかると、上官たちから似顔絵などを頼まれるんだそうです。それで、おまえはそうやって絵を描いていればよろしいということになって、訓練には参加しないで済んだという話でした。

保阪　当時の軍隊には「画兵」と呼ばれる兵士がいたんですよ。あの頃はカメラが高価で貴重なものでしたから。

逢坂　ほう、「絵」を描く兵隊ですか？

保阪　そうそう。もちろん「画兵」という呼び方は正式な軍の用語ではなくて、軍隊内の通称、俗称ですが。要するに記録係のような存在で、絵心のある兵士に従軍中のいろんな場面を描かせるわけです。以前に僕が話を聞いた元画兵の方によると、主に部隊の司令官の顔などを描いていたそうです。あとは部隊が敵地を占領したときにみんなで日章旗を掲げて万歳をしている場面だとか、娯楽で兵隊同士が相撲をしているところとか。

逢坂　へえ、ウチの親父もそんなことやってたのかな。結局、そんな細かい話は聞けずじまいでしたけど。

保阪　他の兵士と同じように銃も持つけど、画用紙などが特別に配給されたんでしょうね。以前にその話をあるテレビ局の人にしたら、ぜひそれを番組にしましょうと言われたんだけど、これが難しい。僕の知り合いが画兵について調べてみたら、現地で描かれた彼らの絵はほとんど終戦時に燃やされてしまい残っていないようなんです。

例えば、降伏した敵兵を捕虜にしますよね。そういう捕虜が縄でしばられたような姿なんかも画兵が描かされたりしたそうです。そういう絵が連合軍側に渡れば捕虜虐待の証拠にもなるでしょうから、恐れて一切合切燃やしてしまったのでしょう。

戦場体験者はなぜ家族に話をしないか

逢坂　ひょっとすると、敵兵や捕虜を殺したりしているところなんかも、描かされたのかもしれませんね。いや、とてもいい話を聞けました。

保阪　逢坂さんのお父さんが若くて元気だったら、危なかったかもしれませんよね。

逢坂　親父はあまり戦争のことを話しませんでした。以前、集英社から文芸評論家の末國善己さんの聞き書きによる回顧録（『挿絵画家・中一弥　日本の時代小説を描いた男』二〇〇三年）を出したんですが、版元から念のために目を通してほしいということでゲラが送られてきたんです。

読んでみたら、他の画家や作家たちについてけっこう辛辣に評しているような箇所がありまして。相手はもう亡くなっているから問題ないだろう、と親父は思って話したみたいですが、遺族だっていらっしゃるわけだから、差し障りがあるところは私が削りました（笑）。そんな内輪話はおいといて、親父の語ったことをあらためて読んでみると、今まで聞いたこともないような話がいくつも出てきて、驚いたんです。やっぱり、他人には話せても身内には語らないことって、けっこうあるんだなと思いましたね。

保阪　僕がこれまで聞いてきた戦場体験者の話というのも、家族には絶対に話さないけど他人の僕には話すというのがほとんどでした。

逢坂　やっぱりそういうものですか。

保阪　そりゃもちろん戦場で敵兵を殺したなどという話はしないと思いますけど、自分のつらかった体験というのは、家族にはあまり話したくないんでしょう。

逢坂　確かに、かえって他人の方が話しやすい。

保阪　昔、あるテレビ局から戦場体験者への取材の仕方についてアドバイスしてほしいと頼まれて、実際にインタビューしているシーンを見せてもらったことがあります。そのインタビューは元兵士のお宅の茶の間でやって、周囲には奥さんや子どもさんが映っていました。

僕は、それを見てこの取材の仕方は絶対にダメだとはっきり伝えました。そもそも、戦場の悲惨で残酷な話を、家族がいる前で平気で話すわけがないんです。家族がいたら、どんなにインタビューする側が根掘り葉掘り聞いても戦場体験者は差しさわりのない話でごまかすはずです。

彼らが抱え込んでいる戦場の真実を聞き出すには、彼らを自宅という日常空間から引き離して、たとえば誰もいない川の土手のようなところで話をするしかない。戦場体験は語る方もつらいのですが、聞いた側もそれを半分背負うかたちになるわけで、やはりつらいですね。

逢坂　でも、見ず知らずの人に話すことで、相当荷が軽くなる部分もあるのかもしれません。家族に話しても、荷が軽くはならないでしょう。

保阪　そう、逆に重くなるんですよ。戦場体験を自分の子どもや孫に詳しく話したというケースはほとんどないんじゃないでしょうか。

昔、戦友会ってありましたでしょ。あれは基本的に閉鎖的な会で、まず部外者は入れてくれないんです。あるとき、知り合いになった元兵士の方に頼んで、その人の親戚だということにしてもらって出席させてもらったことがありました。最初のうちは近況報告のような当たりさわりのないおしゃべりなんですが、途中で女中さんに耳打ちしてふすまを閉めてもらい、そこから空気がガラッと変わったんです。

それから、誰ともなく戦地での話を始めるんですね。「オレはあのときチャンコロ二人殺してさ……」とか、生々しい話です。僕も最初は戦友会なんて学校の同級会のようなものかと思っていたんだけど、そうじゃないんです。人にも話せず、その後の精神を生涯蝕むような体験を共有した仲間同士で、精神の解放というか、ケアをする集まりだったんだということがわかった。

自衛隊員だって、ＰＫＯ（国連平和維持活動）で海外に赴任した人たちが大勢、ＰＴＳＤ（心的外傷後ストレス障害）に苦しめられているそうです。当時はＰＴＳＤなんて言葉はなかったけれど、戦友会というのはまさにその「癒やしの場」として機能していたわけです。

逢坂　なるほど、よくわかります。

「イベリア・シリーズ」を生み出したもの

保阪　ちょっとここで話題を変えまして、逢坂さんが愛してやまないスペインについてお話をしてみたいと思います。

逢坂さんには長大なシリーズ作品がいくつもありますが、そのなかでも「イベリア・シリーズ」は最初の『イベリアの雷鳴』（一九九九年）から完結編としての七作目『さらばスペインの日々』（二〇一三年）まで、連載から含めれば一六年以上もの時間をかけた「超大作」です。

第二次世界大戦を舞台にした小説は日本にもたくさんありますが、とりわけ逢坂さんの「イベリア・シリーズ」が出色なのは、ヨーロッパ、特に戦争中は中立国だったスペインを舞台にして行われた、連合国と日独伊枢軸国側との諜報戦というテーマだと思います。

そもそも、どうしてこのようなテーマを選んだのですか。

逢坂　学生のころに、フラメンコギターに目覚めまして、それからですかね。スペインへの関心が、その歴史にまでどんどん広がっていった。初めて現地に行ったのは、一九七一年のことでした。

それで『カディスの赤い星』とかスペインものをいくつか書くようになったんですが、衝撃だったのは一九七八年に、アメリカ国立公文書館が「マジック・サマリー」として、太平洋戦争の開戦前から、日本の外務省が在外公館との間で交わしていた暗号通信を、アメリカが極秘に解読していた機密文書を公開した、というニュースでした。

保阪　日本海軍によるミッドウェー島攻略作戦を事前に察知されたり、山本五十六連合艦隊司令長官がラバウルから航空機で視察に出た際に撃墜されたのも、アメリカが日本海軍の電文を解読していたからという話は有名です。

逢坂　当時、スペインには須磨彌吉郎という人物が、公使として赴任していました。この須磨は外務省の情報畑出身で、中国で蔣介石の動向などをウォッチしていたんですが、太平洋戦争の始まる前年に対米諜報の指揮をとるために、スペイン公使に赴任するんですね。彼のつくった諜報網は「東機関」と呼ばれ、彼が日本に送っていた情報は「東情報」と呼ばれていました。この「東情報」も、アメリカはほぼ完璧に解読していたんですね。

第二次世界大戦をテーマとする作品は多数ありますが、須磨のような日本人も含めた枢軸国と連合国の、ヨーロッパでの諜報戦争を描いたものは読んだことがなかったので、これこそ自分がやるべきじゃないかと思ったんですよ。「マジック・サマリー」が、東京の国会図書館でマイクロフィルムとして閲覧できるようになり、それを片っ端からコピーして資料集めに奔走するようになったんです。

保阪　当時のスペインはというと、人民戦線内閣による第二共和政下で軍人の**フランコ**[8]が反乱を起こして一九三六年から内戦状態（スペイン内戦）となり、ドイツやイタリアのファシスト勢力の支援を受けた反乱軍が一九三九年に全土を掌握してフランコによる独裁政権がスタートします。

　このフランコ体制は一九七五年にフランコが亡くなるまで続いたわけですけど、フランコに対する評価というのはさまざまですよね。

逢坂　ええ。外から見ると、フランコという人はヒトラーやムッソリーニなんかと同類の、「強権的な独裁者」というイメージが強いですし、そういう面は確かにあったと私も思います。でも、実際にスペインに何度も足を運んで、現地の人たちと話してみると、フランコ時代をプラスに評価する声も、かなりあるのです。さすがに最近は、かつてのようなゴリゴリの人は少なくなりましたが、それでも「フランコ主義者」って今でもいますから。

　つまり、国の中央でリーダーが強い求心力を持たないと、すぐにバラバラになりかねない国なんですよね、スペインは。

史実とフィクションをどう織り込むか

保阪　そういえば最近も、**カタルーニャの独立騒動**[9]がありましたね。

逢坂　スペインはカタルーニャに限らず、どこの地域も独立志向が高い傾向があります。だからあのような内戦にもなったわけで、それをフランコがある程度独裁的な手法で、なんとか国をまとめあげたという側面があるのは、事実でしょう。例えば、フランスとスペインの国境にまたがるバスク地方でも、フランコ時代に独立を標榜する武装組織（ＥＴＡ・バスク祖国と自由）ができて、しばらく武装闘争を続けていました。カタルーニャはそこまで過激じゃなくて、今回も合法的な手段でやろうとしたんですね。

　ただ、カタルーニャは仮に独立できたとしても、スペインの反対でＥＵにも加盟できないだろうし、メリットがないからおそらく成功はしない、と私は思いますけど。

保阪　僕らの世代的にはどこかフランコ率いる反乱軍が「悪玉」で、人民戦線の共和国軍側が「善玉」

8　**フランシス・フランコ**（一八九二～一九七五）　スペインの軍人・政治家。アフリカ戦線の功績から昇進し、共和政発足後に参謀総長となるが、人民戦線政府により左遷されるとスペイン領モロッコでクーデタを起こし、それがスペイン内戦の引き金となった。反乱軍側の最高司令官として一九三九年の内戦終結後に政権を掌握し、ファランヘ党による独裁体制を樹立。戦後は経済復興を成し遂げ、一九七〇年代まで長期政権を維持した。

9　**カタルーニャの独立問題**　二〇一五年の自治州議会選挙で独立賛成派が過半数を獲得すると、州議会は独立手続き開始宣言を採択し、プッチダモン州首相が二〇一七年に独立を問う住民投票の実施を宣言した。中央政府の反対を押し切って同年一〇月に投票は実施され、賛成多数により州議会が独立宣言を承認。中央政府は州首相の解任と国家反逆罪などによる刑事訴追に踏み切り、プッチダモンがベルギーに脱出する事態となった。

というイメージが刷り込まれているのかもしれません。

逢坂　フランコがヒトラーと違うのは、自分の栄耀栄華を求めなかったことでしょうね。どちらかというと地味な人柄で、独裁者にありがちな私腹を肥やすようなことがなく、非常に禁欲的なカトリック信者でした。また一九六〇年代には、日本のようにものすごい高度成長を実現させて、国民生活が豊かになったのも事実で、それもフランコ時代を好意的に評価する要素のひとつでしょう。

ですから、フランコがヒトラー、ムッソリーニと同類だというイメージというのは、共産勢力側が意図的に流布させたプロパガンダによるものだ、と思います。

保阪　スペイン内戦ではアーネスト・ヘミングウェイなど名だたる作家が人民戦線側で従軍し、小説を発表していましたね。『誰がために鐘はなる』などがそうだけど、どちらかというとファシストに抵抗する共産主義勢力への、ヘミングウェイのシンパシーが色濃く出ている作品です。

逢坂　確かにフランコ側も、人民戦線側の兵士を虐殺したりしていますが、人民戦線側だって捕らえた反乱軍兵士を粛清したりしていて、言ってしまえばお互い様、どっちもどっちなんです。ヘミングウェイだってそれを知っていたのに、あえて見て見ぬふりをしたということでしょう。

保阪　共産主義に賛成するか反対するかは別にして、それは事実から目を背けたことになる。これはやはり二〇世紀文学というものがはらんでいた、ある種の偏りといっていいかもしれない。

逢坂　おっしゃるとおり。ヘミングウェイはよく読んだし嫌いな作家ではないけど、彼は狩猟やボクシングを父親から教え込まれた「武闘派」なのに、スペイン内戦では正規の兵士として参加したわけじゃなく、前線に視察に行って試しに銃で何発か撃ってみた、という程度の話なんです。一方のジョージ・オーウェルや、フランスの**アンドレ・マルロー**[10]などは義勇兵として実際に戦っているのに、ヘミングウェイについてはいささか腑に落ちないところがありますね。

保阪　逢坂さんの「イベリア・シリーズ」では、主人公の日本陸軍情報将校である北都昭平などはもちろん架空の人物なんだけど、駐スペイン公使の須磨彌吉郎であったり、イギリス諜報部員で当時のソ連に協力していた二重スパイのキム・フィルビー、ほかにはフランコやヒトラーなど実在の人物も登場しますね。そのあたりが、フィクションにもかかわらずあたかも本当にこのようなストーリーが展開されていたかのようなリアリティーをつくりだしています。

多くの史料も相当読み込んだ上で書かれた気迫が伝わってきます。

逢坂　歴史ノンフィクションを数多く手がけられた、保阪さんのような方にそう言っていただけるのは、まことに光栄です。確かに、実際にあった「史実」に、フィクションであるストーリーを、どう織り込んでいくかが、このシリーズで最も苦労した点でしたね。

10　**アンドレ・マルロー**（一九〇一～一九七六）　フランスの作家・政治家。考古学調査でインドシナに渡り、中国の革命運動に参加して小説などで発表。スペイン内戦には共和派の義勇軍に従軍した。第二次世界大戦後はドゴール政権下で文化相などの大臣も務めた。代表作に『希望』など。

スペインというところは、けっこうあの当時の史料が残されていて、現地で出版されているスペイン語の原書も、ずいぶん買い集めました。第二次世界大戦中のアメリカの外交文書とか、ドイツの戦前の外交文書にしても、全何十巻にもなる分量ですが、それらをポツポツ集めていったらいつの間にか、置き場に困るほどの膨大な史料群ができてしまいました。

保阪　諜報戦がテーマですから、やはり人物取材なども相当されたのでは。

逢坂　そうですね。主人公である北都昭平も、実際に陸軍中野学校出身者でスペインに派遣されていた方に、当時の話を聞かせていただいてヒントにさせてもらいました。

スペインが舞台ですから、現地の関係者にも取材したのですが、強烈におぼえているのはフランコの義弟にあたる人物で、ファランヘ党の要職につき内相、外相を歴任したラモン・セラノ・スニェルですかね。ダメ元で取材を申し込んだら、まさかのＯＫが出て、一九八九年でしたか、マドリードにあるご自宅でインタビューさせていただきました。当時すでに、九〇歳近いご高齢でしたが。

セラノ・スニェルは、当時のフランコ政権内でドイツ、イタリアなどの枢軸国側との連携を深めようとした勢力の中心的人物で、フランコとヒトラーの会談をお膳立てしたり、日本の須磨公使とも外相時代に深い関係を築いたりしていました。ただ、その後連合軍側に戦局が有利になると、フランコは枢軸国を見限り、セラノらを解任して、失脚させてしまいます。

いろんな話を聞いて、最後にお礼を言って握手をしたんです。そうしたら、セラノは「私はこの手で五回、ヒトラーと握手したんだ」と言うのです。このセリフが妙に私のなかに響きまして、ああ自分も彼の手を通じてあのヒトラーと、握手したことになるのかなあと（笑）。本当に貴重な歴史の生き証人でした。

作家の集めた資料を後世にどう残すか

保阪　逢坂さんの小説を読むと、数多くの取材や膨大な史料からにじみ出てくるしっかりした歴史観を感じます。

最後に神保町の話に戻しますと、お互いにたくさんの本をこの街で集めてきたわけですけど、僕なんか最近、自分が死んだときのことを考えて、自宅の本の山をどうしようかと考えるんですよ。半藤一利さんともときどきそんな話になりますね。娘からも「こんなにたくさんの本どうしたらいいの」なんて言われて。

逢坂　やっぱりそうですか。私のところも家族でその話になるんです（笑）。でも女房にしても、ましてや娘や孫にしても、それほど本に関心があるわけじゃない。

最初は全部、神保町の古本店に売ってしまうつもりでいたのです。でも、待てよと。先ほど、ちょっとお話ししたように、少しずつ買い足してきたアメリカやドイツの外交文書などが、かなりまとまったかたちになっているわけで、実はこの「まとまり」に価値があるんじゃないか、とも思ったんです。史料が、ひとつの体系になっているわけで、これを古書店にもっていくと散逸してしまうから、もったいないなと。

保阪　そうなんですよね。以前、早稲田の本屋で昭和史関連の資料が集中的に並んでる古書店があって、どうしてこんなによくまとまっているのかと思って店主に事情を聞いたんです。実は、早稲田大学の教授だった方が亡くなって、その先生が大学の研究室や自宅に置いてあった本を、ご遺族から引き取るよう頼まれたという話でした。それを聞きながら、ああ、自分の本もこんな風にして古書店に託されてポツポツ買われていくのかなと。でも、僕もそういうのは何となく嫌だなあと思うんですよ。

逢坂　それに私の場合、洋書のほうが多いのですが、日本では洋書なんて売れませんから、古書店にもっていくと本当に二束三文になっちゃう。

それで悩んでいましたら、東京・荒川区にある区立図書館の館長さんが、僕の蔵書を全部引き受けてもいい、とおっしゃってくれたんです。そこには作家の吉村昭さんの蔵書が「吉村昭記念文学館」として併設されていて、私にとっても吉村さんは開成高校の大先輩ですから、たまにそこで講演などさせていただいておりました。その縁で、あるとき私がこの文学館の棚の隅に「逢坂剛コーナー」をつくってもらえたらなあ、なんて話を冗談まじりにその館長さんにしたら、「いいですよ」と。ただ蔵書の数が私も正確に数えたことないけど一万冊か二万冊はありますよというと、「棚に余裕があるから大丈夫です」と、うれしいお申し出がありました。

保阪　それはいいお話です。僕も半藤さんや山中恒（児童文学作家）さんらと、誰か僕らの集めた資料の山を一カ所に置けるほどの施設をもつ篤志家が現れてくれないかなあとよく話します。そこに来れば、昭和史に関する大抵の資料はみつかるはずですからね。

逢坂　個々の作家の蔵書というのは、そのまま残すことに価値があると思います。でも、死後もそれを自分の力でなんとかしろというのは、土台無理な話でしょう。やはり文部科学省など、国が作家たちの蔵書の維持にもっと力を注いでほしいですし、そういう仕組みがあるかないかは、その国の「文化力」の問題だと思います。例えばフランスなどでは、作家の蔵書の維持に国が関わるシステムがある、と聞きました。

保阪　日本という国の政治には昔も今も、歴史に対する無理解という「文化」があります。重要な資料を積極的に残して後世の知的財産にしようという発想に乏しいから、単なる責任逃れから終戦の直前に軍部など役所の資料を焼却させるなどというバカなことを閣議決定してしまう。最近でも役所の記録隠蔽、改ざんが問題になりますが、あの戦争から七〇年も過ぎたのにその姿勢が変わらないというのは、まったく恥ずかしい姿としか言いようがありません。

戦前も戦後も、日本人は『既成事実の追認』だけ。それは明治以降、この国にグランドプランがないからです

浅田次郎

Keywords

三島由紀夫事件
「軍隊」という組織の本質
自衛隊と旧日本軍
国民投票と民主主義
日本人と戦争
満州事変への道と戦後日本の共通点
東條英機と石原莞爾
戦争協力を作家は断れるか
etc.

浅田次郎（あさだ・じろう）

1951 年東京生まれ。95 年に『地下鉄《メトロ》に乗って』で吉川英治文学新人賞、97 年『鉄道員《ぽっぽや》』で直木賞、2000 年『壬生義士伝』で柴田錬三郎賞、10 年『終わらざる夏』で毎日出版文化賞、16 年『帰郷』で大佛次郎賞など数々の賞を受賞。その他『日輪の遺産』『蒼穹の昴』『マンチュリアン・リポート』『おもかげ』など著書多数。2011 年から 17 年まで第 16 代日本ペンクラブ会長。

小説家としての原点「三島由紀夫事件」

保阪　浅田さんは何度もお書きになっていらっしゃるけれど、昭和四五（一九七〇）年の三島由紀夫の事件がきっかけで自衛隊に入られた、というあたりから今回はお話しできればと思います。その年の一一月二五日、三島と彼が結成した「楯の会」メンバー四名が自衛隊市ヶ谷駐屯地の東部方面総監部に乱入し、総監を軟禁してバルコニーから自衛隊員らにクーデターの決起を呼びかけるも失敗に終わり、三島が割腹自殺を遂げた事件ですね。

僕らの世代などでもあの日、自分が何をしていたかを覚えている人はかなりおりまして、それこそが人々に与えた衝撃の大きさを物語っています。僕の場合は永田町の国会図書館で調べものをしていたら、周囲がザワザワしはじめて、隣の席にいた学生たちの会話から聞きました。当時僕は三〇歳で、編集者の仕事をしていました。

僕は取りたてて「三島ファン」ではなかったので、あの事件の文学的意味というよりも、むしろ戦前の**国家改造運動**[1]との類似性に興味がありました。あの事件がもつ意味というのはよくわからなかったけれど、何があったのかだけは記録しておかなきゃいけないと思いまして、事件から一〇年後に『憂国の論理　三島由紀夫と楯の会事件』（講談社）という本を上梓しました。あれからずいぶん時間がたちましたね。

浅田　たまたま先日、ある版元の編集者と話していたんですが、三島さんの作品もあと数年で版権が切れるというのです。確かに現状の著作権法で計算すると、二〇二〇年に切れるんですよ。

それを知ったとき、ドキッとしました。「あれからもう五〇年がたとうとしているのか……」。そんな感慨を覚えました。僕にしたら本当に生々しい記憶でもありますし、自分の小説家としての原点でもあったので。

僕が出版社に原稿を持ち込みはじめたのはわりと早くて、一六歳ぐらいからです。純然たる小説でしたが、河出書房がまだ神田の駿河台下にあったころです。原稿を書き終わると清書して河出書房に持参し、編集者に読んでもらい、赤を入れてもらうということをやっていました。当時、僕をよく面倒見てくれていた編集者の方が、たまたま三島さんの担当で、あの『英霊の聲』（一九六六年）を担当された人物だったのです。

その方が、よく三島さんの話をしてくれました。もちろん僕も三島をタイムリーに読んでいたし、伝統的な日本の美学を踏まえた作家というイメージを持っていました。ところが昭和四二、三年ころ

1　**国家改造運動**　昭和前期の、青年将校や官僚、国家社会主義者・右翼による革新運動。政党政治の腐敗や世界恐慌下の農村の窮乏などを背景に、昭和維新をスローガンとし、天皇親政を実現すべく、その障害となる政治家や財閥の打倒を目指した。

になると「楯の会」などの活動に傾斜していくようになり、そんな三島さんの考えが自分には全く理解できなかったし、正直に申し上げてそのころの三島作品はあまり好きではありませんでした。

　生意気にもそのようなことを話したりしたら、あるときその河出の編集者さんが「三島さんに君のことを話したら大変面白がって、今度飯でも食おうと言ってたから、一緒にごちそうになろう」と言うのです。僕にしたら「えっ！」ですよ。うれしくて、みんなに「オレ、今度あの三島由紀夫とメシ食うんだ」なんて言いふらしたほど（笑）。ところが、それが実現する前に一一月二五日を迎えてしまったのです。

保阪　食事は結局しなかったわけですね。

浅田　しませんでした。ただ、ご本人とはその後、一度だけ遭遇したことはありました。河出書房でいつものように編集者から赤字原稿を受け取っての帰りしな、どういうわけか水道橋の駅まで歩いたんです。

　御茶ノ水の坂をのぼって順天堂病院の側を歩いていくと、信号を渡ったところに当時「後楽園ジム」というボディービルのジムがありました。たまたま信号が赤だったので何となくそこを覗き込んだら、真下のジムのガラス越しに三島さんがバーベルを上げている姿が見えたんですよ。

「あ、三島由紀夫だ」と思って、今度一緒に食事しようという編集者の話を思い出しながらジーッと見ていたら、三島さんと目が合って。そうしたら、見られるのが嫌だったんでしょう、バーベルを置いてプイッと向こうへ行ってしまいました。

初めて生の本人を見たわけですが、「ずいぶん小柄な人だな」というのが、そのときの印象でしたね。三島さんは筋骨隆々で逞しいイメージがあったけど、実は小柄なんですよ。

「文学少年」が求めた答え

保阪　それは事件にかなり近いころですか？

浅田　かなり寸前のことだった気がするのですが定かではありません。ただ、寒い日だったというのが記憶にあります。

食事の話もあったので、僕にとっても一層あの事件はショックでしたね。だからいろんな本を読んでみました。でも、先ほどの保阪さんのお話じゃないけど、僕もあの事件が何なのか、わからなかった。さまざまな人が「三島事件とは何か」を論じていたけれど、誰一人まともな答えを出していないじゃないかって。

答えを探している文学少年としては「誰もわかってないよ、何も」という心境でした。だったら自分が自衛隊に入ればいいじゃないか、自衛隊に入ればあの事件の何かがわかるのではないか、というのが実際の入隊動機なんです。

保阪　それで自衛官になられた。

浅田　そうなんです。文学をやっている、小説を書いているというのは、すごく孤独なわけですよ。文学部の学生でもなかったし、語り合う友人もいませんでしたから。

実は入隊の下心には、自衛隊へ行けば文学少年みたいなのが集まっているような錯覚があったのも事実です。三島の後を追ってそこに来ているヤツがいっぱいいるんじゃないかと。もちろんそんなわけはなく、文学の「ブ」の字もないところでありました。

保阪　自衛隊の集団生活にあこがれたというのはあるんですか？

浅田　あこがれたというより、抵抗はありませんでしたね。自衛隊、あえてここで「軍隊」と言ってもいいと思いますが、軍隊というのは「向き」「不向き」がものすごくある職場だと思います。というのは、体力そのものだけではなくて、集団生活とか規律正しい生活になじんで好きになれる人間と、絶対ダメだという人間に分かれるわけです。僕はどちらかというと「なじんで好きになれる」ほうでした。

もちろん苦痛はありましたが、それもまあ許容範囲内で、あの生活を楽しんでいたような気がします。ですから自分の経験からいうと、僕はあながち自衛隊を否定する立場ではないけれども、あの生活にどうしてもなじめない人間がいるという前提で、徴兵制という仕組みには無理があると思います。

僕は結局二年間でやめたんですが、そのときには悩みました。これ以上いたら、一生いることになるだろうって。

保阪　「軍隊」生活になじんでしまえば、一生の仕事になってもおかしくありません。

浅田　面白かったし、好きだったし、でもそれじゃミイラ取りがミイラになってしまう。自分は小説を書かなきゃならないじゃないかと思って、やめましたけどね。

「軍隊」という組織の本質

保阪　自衛隊にいらした二年間は、小説をお書きになっていたのですか。

浅田　全く書けませんでした。書けないどころか、本を読むことすらできないですね。今はどうか知らないですけど、当時の駐屯地には図書室みたいなものは何もないし、まず本を読む習慣が隊内にありませんでした。

保阪　二四時間、フルタイムですべて行動が決まっているわけですね。

浅田　そうです。八時間労働という世間的な基準が自衛隊にもあることはあるんだけど、朝は起床ラッパで叩き起こされるわけですよね。それが夏場なら六時、冬場は六時半と決まっていて、ラッパが鳴って一斉に営庭に飛び出したところから、事実上の労働が始まっているんですよ。

それから朝礼前の間稽古《まげいこ》というよくわからない時間があって、銃剣術やったり走ったりするわけですから、自分の自由になる時間なんてほとんどないし、午後一〇時に消灯ラッパがなるまで全部労働時間と思っていいでしょう。だから普通の人だったらとても耐えられないですよ。もちろん、あくまでも当時の話ですが。

保阪　先ほど浅田さんが徴兵制の話をされましたけど、徴兵制というのは、みんなドンと入れて軍隊に合うか合わないかなんて関係なく全員同じ状態、つまり「均質」にするということですよね。当然全く合わない人というのは何パーセントかいるわけで、そういう人は脱走したりとか、病気やノイローゼになったりしてしまう。

浅田　それほど古い歴史があるわけではなくて、本格的に国民を動員する徴兵制が敷かれたのは**普仏戦争**[2]の前後あたりからですよ。

保阪　従来の戦争は傭兵が主流でしたから。

浅田　傭兵とか義勇軍制とか、そういうものですよね。それが、近代になってから総力戦のかたちになって徴兵制という考え方が生まれた。だから、そういう意味では相当にムチャがあるシステムだと思います。ただ「自分たちの国は自分たちで守るべきだ、だから兵役は国民の義務だ」と言われれば、一応の理屈は通るわけです。

　そもそも軍隊というものは、突出した優秀な人間を求めません。兵隊全員が「均質」でなければ、強い軍隊にならないからです。

当時の自衛隊の訓練でよく覚えているのは、一〇人一組の「武装競走」です。鉄兜をかぶって銃や背嚢《はいのう》を背負うと重量三〇キロほどの重装備になりますが、その状態で一斉に走らせるのです。

スタートしたら誰がどう走って何を持ってもいいのだけど、一〇人のなかで最後尾の「兵士」がゴールしたときが、その班の着順になります。ということは、自分たちの班のメンバーを見渡せば個々の体力の優劣はあらかじめわかっていますから、体力のある者がない者の装備品を持ってやる。この競技で勝つためには「落伍者」を出さないことですから、最後は歩けなくなったヤツをみんなで担いでゴールするわけです。

これが、とても「軍隊」的だと僕は思った。つまり強い人間は「軍隊」に必要なくて、とにかく全員が均一でなければならない、落伍者を出さないという考え方なんですよ。社会教育としては素晴らしい考え方のような気もするけど、ある面ではかなり残酷ともいえます。

保阪　突出して力がある人がいたら、逆に抑えるということになるわけですよね、平均値を出すために。

浅田　僕らの時代には「歩兵の散開戦」がまだ残っていて、これは「戦争は歩兵が攻めていって白兵

2　**普仏戦争**（プロイセン＝フランス戦争、一八七〇～七一）　ドイツ統一をはかるビスマルクのプロイセン（ドイツ）と、それを阻もうとするナポレオン三世のフランスとの戦争。フランスの宣戦布告で開始されたが、ナポレオン三世が捕虜となり、フランスが敗北。アルザス・ロレーヌの大半を割譲した。

戦で相手の陣地を落すことで決着する」という考え方ですよね。だから最後は歩兵が散開して突撃して陣地を落すという実弾訓練を、富士の演習場などでよくやりました。

散開戦では兵士が横一線になって突撃しますから、全員が同じスピードじゃないと友軍の弾があたることになります。だから自分の隣がトロいヤツだったりすると危ないから、隣が誰かが気になってしょうがない（笑）。だって例えば匍匐《ほふく》前進していくときに、そいつがどんどん遅れてこっちが先にいっちゃうと、横一線になりませんから。

こういうことは実際に体験してみないとわからないんですよね。もちろん戦争を体験したわけではありませんが、「軍隊」という組織の本質に触れたような気がしました。

保阪　そういう組織だからこそ、逆に連帯意識が高まる側面もあるわけでしょうね。

浅田　何をやらせてもダメなヤツがいたら、やはりみんなでかばいますね。同じ部隊でずっと一緒にいなくちゃいけないし、もし有事ということにでもなればそいつと一緒に戦場に行くことになるわけだから、なんとかしてそいつを強くしなくてはいけないし、ときには殴ってでもわからせなきゃいけない。

また「同じ釜の飯」を食った仲間でもあるから、この絆というのはどこの国の軍隊でもすごく強いんですね。

自衛隊が抱える矛盾

保阪　先ほどの一〇人一組の話じゃないけど、仮にその一〇人の中にどうしても嫌いなタイプの人間がいるとしますね。その嫌な奴という感情は、こっちが抑えていくんですか。それとも相手のほうが変わってくるんですか。

浅田　あくまでも個人的な答えですが、嫌な奴はずっと嫌な奴でしたね（笑）。それどころか、もっと嫌な奴になるという感じがありました。

自衛隊には生活をともにする単位として「営内班」というものがあります。旧陸軍時代の「内務班」と同じような仕組みで、今はどうか知りませんが僕らのころはまずプライバシーというものがなかった。営内班生活をしていると「いじめる役」とか「嫌みを言う役」といった役者が決まってくるので、だからかえって陰湿になりがちです。

保阪　一番いじめられてた人が、何かのかたちで恨みをはらすということはあるのですか。

浅田　そういうケースはめったにないですね、完全な負け犬状態ですから。例えば上官にぶん殴られたから殴り返して刃傷沙汰になったというケースもあることはありますが、僕が二年間いたなかで一件だけしか知りません。それよりも、たえられなくなって脱走しちゃうケースが多かったように思います。自衛隊用語では「脱柵」といいますが、何も「柵」を乗り越える必要はなく、外出したまま帰らなければいいわけだから、これは結構多かったですよ。

保阪　帰ってこないのは、隊規違反ですよね？

浅田　もちろん自衛隊法違反で、そのなかでも一番重い「懲戒免職」に該当します。ところがここにも自衛隊ならではの、大矛盾があるのです。

だって、脱柵者は辞めたいから逃げたわけですよ。辞めたくて帰ってこなかった者を結局「懲戒免職」にするだけの話で、罰則になっていないのです。だから自衛隊は「軍法なき軍隊」なんですよ。

そういう風に考えると、このことでもわかる通り、自衛隊を現行憲法の中で合憲か違憲かと問うこと以前に、自衛隊を「軍隊」として解釈するのは、もう無理があると思うのです。

保阪　自衛隊を「軍」として認めるのであれば、当然ながら軍法規が必要になります。そうすると、軍法会議を開かなきゃいけない。帰ってこないということも、今の現行法だと単なる公務員の職場放棄に過ぎませんが、「軍」だったら「帰ってこない」ことは利敵行為ともなるわけで、海外の軍法をみても重罪とされています。

任務遂行上で死亡した場合にどういう葬儀をするか、弔慰金をいくら出すのか、遺族が受け取れる年金がどういうふうになるのか……。そういったことはすごく大事なことだけど、議論が国民に見えてこないように思います。

浅田　改憲と言うけれど、どの程度「制服組」の意見を聞いているのかなと。それはきちんと聞くべきですね。

保阪　僕はいずれ憲法を変えなきゃいけないとは思うけど、それをやれるだけの哲学や歴史観が総理大臣やその内閣にあるかどうかだと思います。今の政府には残念ながらそれが感じられません。きちんとした国民軍という形がいいんだろうけど、そのときには議論しなければならないことが一杯ある。今はただ急いで自衛隊を無理矢理「軍」にするということだけですよ。

国民投票は本当に「国民の総意」か

浅田　僕が一番危ないな、ありそうだなという感じがするのが、国民投票の一発で「改憲」が決まってしまうという展開ですね。そしてそれを既成事実にして、上手くまとめていくというやり方には、大きな疑問を感じています。

僕がそう感じた理由は最近、海外で世界的なニュースにもなった国民投票、住民投票に二度も立ち会ったからです。一度目はイギリスのＥＵ離脱のときで、その当日ロンドンにいたんですよ。

保阪　あの選挙の日にですか？

浅田　僕はまさか、ＥＵ離脱「賛成」派が過半数を超えるとは思わなかったんです。ただへそ曲がりの人間もいるから、どのくらいパーセンテージをとるかなぐらいに考えていて、翌日フタを開けたらああいう結果で驚いたわけです。

そうしたら街のあちこちで、イギリス人たちが終わってから議論しているの。いろんな人に聞いてみた限りでは、僕だけじゃなく彼らにとっても意外な結果だったという受け止め方なんです。誰にとっても意外というのはおかしな結果で、それによって国の方針が決定されてしまうわけです。

だから僕はあの瞬間に立ち会いながら、これはずいぶん乱暴な話だと思いましたね。

保阪　賛成か反対かの一発勝負で、他の選択肢がまったくないわけでしょう。

浅田　おっしゃる通り。たぶん「賛成」で投票した人も「反対」で投票した人も、「完全に賛成」とか「完全に反対」という人はいなかったと思うんです。たとえばわが国に翻って「改憲」について賛成か反対かと問いかけたときに、「自分はこの項目に関しては賛成だけど」とか、「こういう条件付きでなら」とか、いろいろな条件をみんな持っていると思う。

そこで「賛成」か「反対」かの二者択一を迫られたら、誰だって「強いて言えば賛成」か、「強いて言えば反対」とするしかない。そんな投票の結果が、果たして「国民の総意」と呼べるのだろうかと。

保阪　もうひとつの投票というのは？

浅田　スペインのバルセロナです。あのカタルーニャの独立を問うた住民投票が、まさにカタルーニャ州で実施されたときでした。俺は一体どういう巡りあわせでまたしてもここにいるんだろうと思いましたよ。

でもスペインのほうはイギリスと違って、お祭り騒ぎなんです。夜中まであちこちで鍋の底なんかを叩いて、みんな酒飲んで大騒ぎしてるわけ。投票結果の公表は翌日でしたからその日はどっちが勝つか分からないんだけど、いろんな格好をした連中が賛成とか反対とか言いながら、仮装行列みたいに練り歩いているんですよ。僕はこれを見たとき、この人たち本当に考えているのかなって疑問に思いましたね。

保阪　そのときの雰囲気で決まってしまうような。

浅田　なんともいえない高揚感があるんですよ。そもそも国の中央政府が違法だ、無効だとする住民投票を州政府が強行したわけですから、最初から「独立賛成」多数という結果になるだろうということはわかっていたんだろうけど。ただ、あの高揚感のなかで賛成か反対かを決めるというのはいかがなものかと。

保阪　イギリスでも似たような雰囲気だったのですか。

浅田　ロンドンではお祭り騒ぎというより、街のあちこちで議論しているような雰囲気でした。カフェでコーヒーを飲んでいたら、周りのテーブルは知らない人同士その話で持ち切りなんだけど、みんな結果に不満を持っている。いまさら不満ってどういうことよ、と思いましたが。

保阪　国民投票というといかにも民主主義的な決定のあり方というイメージがありますけど、逆に今のやり方だと本当に民意が反映されているのかという怖さがある。

浅田　一度やったら、やり直しはあり得ないでしょうし。日本でも憲法の問題については賛否真っ二つだと思うけども、だからこそ改憲に賛成、反対だけの投票は、僕はあり得ないと思うな。それよりもっと議論を尽くすべきですよ。

自衛隊が「戦場」へ行く前に

保阪　今もし日本が戦争という状態になったら、もちろんいきなり戦争になるという言い方は乱暴だけど、仮にどこかの国が攻めて来たとすると自衛隊員は前線で戦うことになります。

さらに集団的自衛権の行使が可能になりましたから、アメリカなどの戦争に自衛隊も派兵するようなケースだって出てくるかもしれない。そのときの心構えのようなものは、今の自衛隊員はどう教えられているんでしょう。

浅田　心構えは改めて習うわけではないけれども、抵抗する隊員はまずいないと思いますね。急にそういう話になったときも、自衛隊は行くでしょう。それが「仕事」ですから割り切って、死ぬのは仕方がないという心境だろうと思います。

保阪　僕はずっと旧日本軍のことを調べてきたんですが、部隊を戦争でどう運用するかという点でかつての「郷土連隊」という仕組みがすごく面白い。それぞれの地域出身者で構成される郷土連隊を比べてみると、地域性や都市部か農村部かで性格がずいぶん異なってきます。同じ農村の部隊でも、東北と九州では全然違う。

例えば、大本営が中国である部隊を動かそうというときに、連隊の性格、特性をみるんですね。この性格だったらこの地域だろうとか。一番悲惨だったのは四国の善通寺の師団（第一一師団）だと、ある元大本営参謀が言っていました。

日本軍が明治にできたときに善通寺に赴任した陸大出の将校が、この地域で上陸作戦の訓練をずっと指導していたと。ほかにもいくつか上陸作戦を専門とする師団はあったそうですが、この師団ほどそれに長けたところがなかったとのことで、最もあちこちへの作戦に投入されたといいます。敵前上陸というのは、守備側が巧妙だと太平洋戦争中のペリリュー島や硫黄島の米軍のように犠牲者が増えるわけで、善通寺の師団も多くの戦死者を出したそうです。

可哀想なのは生まれ育った風土とまったく異なる場所へ送られる部隊です。例えば北海道の郷土連隊にそういう訓練もせずに熱帯のジャングルで戦えというのも酷な話じゃないでしょうか。

実際に北海道・旭川からガダルカナルに送られたのが一木支隊（一木清直少将）です。彼らはミッドウェー作戦の上陸部隊として派遣されましたが、海軍が大敗してグアムで待機していたところ、ガダルカナルに米軍が上陸したため急きょ奪還のために送り込まれました。そもそも対ソ戦用の訓練しかしておらず、暑さに弱い北国の連隊がどうして熱帯に行かなきゃいけないのかと生き残りの元兵士も言っていました。

僕などは憲法九条を変えるうんぬんの前にまず、旧軍が行ったことをもう一度きちんと総括して、何がよくて何が悪かったのかを整理するべきだと思います。

浅田　僕も自衛隊員たちの覚悟は心配していませんが、果たして上層部がまともな作戦指揮を行えるのかという不安はあります。戦争を七〇年もやったことのない軍隊は世界の中でも稀ですから。

「旧日本軍」を自衛隊はどう意識しているか

保阪　浅田さんが自衛隊にいらしたころは旧軍出身者がずいぶんいたんですか？

浅田　昭和四六年の時点では、連隊長以上はほとんど陸軍士官学校卒でした。僕が連隊長のお付きをやっていたとき、士官学校の同期生や先輩後輩たちが時々駐屯地に連隊長を訪ねて来るんですよ。

そういうときにまずやらなきゃいけないのは、事務所に置いてある士官学校の卒業名簿で来客の名前を調べて、先輩か後輩かを確認することなんです。お茶を出す順番とか座る席順とかが違ってきますから。来客は士官学校卒でも民間人が多いのですが、そんなことは関係なくて、とにかく卒業年次にはすごく厳しかったという記憶があります。

保阪　確かに軍の学校はそういうのに厳しいですよね。

浅田　あとは不思議なことに、下士官の上のほうの人が旧軍出身者だったんですよ。だから「旧日本軍」と「自衛隊」というふたつの「軍隊」の価値観が混在していた時期でした。

　あのころだと、うちの中隊長が三等陸佐で防衛大学の一期生。連隊長が士官学校の六〇期生で一等陸佐、いわゆる大佐です。だからその差があるわけでしょ、士官学校と防衛大学の間には当然ね。それと中隊にいる古参の陸曹たち、下士官の曹長クラスの人が旧軍出身者だったんですよ。僕のころにぎりぎり残っていた人たちですね。

　ただ彼ら（旧軍出身者）に共通して言えることとは、「オレたちのころはなあ」などという昔話をまずしなかったことです。中隊にも何人かいましたけど、旧軍時代の話は口にしませんでした。おそらく自分たちのモラルとして、きっぱり線を引いていたんでしょうね。

保阪　旧軍時代の価値観を自衛隊に持ち込まないようにしていたのかな。

浅田　連隊長も士官学校の出身でしたが、一度たりとも旧軍の話はしませんでした。僕が昔でいう当番兵（将校の身の回りの世話をする係）をしたときに、連隊長室に飾ってあった連隊旗の旗竿がホコリをかぶっていたので、きれいにしようと思ったんです。

　なんとなく自分の感覚では、連隊旗というのはかつての軍旗に当たるもので、昔だったら兵隊が命よりも大事にしなきゃいけないようなものというイメージがあったんです。うちも歩兵連隊でしたから。
それで、素手で触るのはまずいと思って白い手袋をはめて旗竿をタオルで拭いていたら連隊長が帰ってきて、「なんでそんな手袋をしているんだ、手袋は必要ない」と怒られました。ただ、そのときはなんで怒られたのか意味がわからなくて。

保阪　旧日本軍の連隊旗は、天皇から下賜《かし》されたものですからね。

浅田　だから、僕も貴重なものだと思っていたのです。当時だって行進するときは旗手がいて、防衛大出身者が連隊旗を持ち、護衛が二人もついて行進の先頭にたつわけですから、それほど大切なものなんだろうと。
連隊長の虫の居所が悪かったのかもしれませんけども、要するに僕が特別に、昔の軍旗みたいな扱い方をしているのが気に入らなかったんだと思うんですよ。

保阪　そうか。「旧軍の真似をするな」ってことですね。

浅田　そう。口数の少ない方でしたからはっきりは言わないけど。だからこの人は旧軍を懐かしんでいるのではなく、きっとものすごく嫌っているんだろうなと思った。だから昔の話もしないんだろうと。

保阪　一〇年以上前のことですが、自衛隊の幹部学校で講演を頼まれたことがありました。ここの生徒さんたちは一回現場に出たあとにまた勉強に来ている幹部クラスで、いずれ偉くなっていく人たちですよね。

依頼が来たとき、最初に断っておこうと思い、「僕は旧軍の批判論者ですよ」と。もちろん旧軍には立派な軍人もいたけど、問題のある人物のほうが多かったと僕は思っていて、そういう批判をしていいんですかと聞いたら、「旧軍についての批判は構いませんから是非してください」と言われて逆にこちらがびっくりしました。それならばとお引き受けしまして、玉砕とか特攻への批判や、旧軍のどういうところが問題なのかについて僕なりに話をしたんですね。

講演後、三〇人くらいで食事していたときに、誰かがこんなことを言ったんです。「隊員を部下として使う身になってわかったんだけど、かつての『天皇のために』という言葉は便利なんですよね。故郷の自然も女房や家庭もぜんぶそこに含まれているから、昔の軍人がそれを使ったのはよくわかります」と。

そうしたら別の人が「おまえ、そういう軍隊にしないために俺たちがいるんじゃないか」と反論して、ちょっとした議論がはじまったんです。ただそんな光景を目にして、自衛隊というのはある意味バランスがとれているんだなと僕は思いました。

息子の友達で防衛大学の学生が昔いましていろいろ話したことがあったんですが、彼もはっきりと「僕たちは日本が戦争をするためではなく、しないために存在するのです」といってました。それと防大生は沖縄を必ず見に行って感想を述べるんだそうですけど、単に悲惨だとかかわいそうだというのではなく、旧軍の守備のあり方などどういうところが間違いだったかを自分なりに分析し、問題点をつかんで報告するのだとか。自衛隊は旧軍を乗り越えようとしているように感じました。

浅田　沖縄戦というのは戦術も一番はっきり残っているし、わかりやすい陸上戦なんですよね。だから防大生が見学に行くんでしょう。

二六〇年間も戦争がなかった珍しい国

保阪　これは僕の持論なんですが、日本に自前の軍事学は育たなかったと思っています。明治以降に欧米の軍事学を導入して本来はこの国にあった軍事学をつくりあげるべきでしたが、結局は借り物のままで終わってしまったんですね。だいたい江戸時代だって、日本人は戦争をやったことがないわけですから。

浅田　本当に日本の戦争って、歴史のなかでほんのわずかです。もしかしたら、世界で一番戦争をしていない国かもしれない。江戸時代には、戦争という概念の言葉はなかったのではないでしょうか。だって二六〇年もの間、戦争がゼロだったわけだから、人類史的にみてもこんな国は珍しいと思う。

新政府軍と旧幕府軍が戦った**戊辰戦争**[3]の不器用さというのはまさに好例で、何となくなれ合いっぽい感じがある。あの戊辰戦争のイメージというのは、戦争とは何かということをお互いにわかっていないという感じがします。それは日本がとても平和だったということの証だと思いますが。

保阪　僕は北海道の生まれなんだけど、戊辰戦争のときに賊軍とされた人たちは散らばって北海道に移住するのです。西南の役では北海道の部隊も出兵しますが、その復讐心から、彼らの戦意がもっとも高かったといわれます。北海道の部隊は福岡から熊本まで西郷軍を追いかけ回したそうですから。それを踏まえると、戊辰戦争がその後の西南の役の伏線になった部分もあるのかなと。

西南戦争というのはもちろん不平士族のこともありますが、いい意味であらゆる不平不満を吸収したようなかたちになりましたね。ただ結果的には、この戦争はかなり作為的なものではなかったかというイメージが拭いきれませんが。

浅田　「西南の役」という呼び方自体に、「戦争」というイメージを避けたいという思惑が感じられます。

保阪　だから庶民、あるいは武士階級にも、戦争という概念がなくなっていったんでしょうね。ヨーロッパなんて、みんなすごい戦争やっていたのに。

3　**戊辰戦争**（一九六八～六九）　鳥羽・伏見の戦いから箱館戦争までの、新政府と反新政府諸藩・旧幕府勢力との戦争。慶喜への辞官納地の命に反発した幕府軍が鳥羽・伏見で薩長軍と交戦し、敗退。薩長軍を中心とする官軍は東征を開始し、江戸城の無血開城や上野戦争、東北・北越戦争を経て、五稜郭（箱館）で抵抗を続けた榎本武揚を降伏させて終結。

浅田　江戸時代の初期には「島原の乱」がありましたが、あれは大規模な「一揆」ですからね。のちも一揆は各地でおこったものの、革命を目指すようなものではなく、どちらかといえば「なれ合い」に近いものでした。

保阪　藩どうしの戦いもなかったでしょう。

浅田　そこが大変に珍しいんですよね。三〇〇もの中小「国家」があって、「国境」を接しているわけだから、紛争があっていいはずなんだけど。

保阪　ただ江戸時代も、各藩はそれなりに軍事や諜報に関心を払っていたといわれます。僕の妻は金沢の神社の娘だったのでよく通いましたが、あそこは前田家の加賀藩だったところでしょう。

金沢では鼻水をたらしている子どもとか奇矯な振る舞いをする人間を見ると「殿様みたい」という独特の言い回しをします。何でそういうかというと、昔前田の殿様が参勤交代で江戸に来て諸藩の大名と集まったりする場で、鼻毛を抜いてみたり奇矯な振る舞いをしたそうです。それで皆から「一〇〇万石の前田があれじゃ大丈夫だ」と、逆に安心されたのだとか。

加賀藩は外様大名のなかでも最大勢力で、幕府側からの警戒心も当然強かったでしょうから、わざと頭が悪いふりをしたのでしょう。

ただ加賀藩もしっかりしていて、当時金沢へ入る道すべてでどういう人間が出入りしているのかを監視し、その報告は毎日家老に届けられていたそうです。例えば最近江戸から旅芸人がやけにくるが、ひょっとすると幕府の回し者、密偵ではないかという疑いを持つと、すぐに調べたりしていた。そういう役目を負っていた藩士などが、明治期に創設された陸軍の情報参謀に採用されたという話もあるそうです。

浅田　へえー、それは面白い。

「ロシア革命」より劇的だった？　明治維新

保阪　薩摩だって密貿易で西洋の最新式の鉄砲などを買ったりしていたように、どこの藩もばれないように他藩の動向をうかがいながら防備していたのでしょう。日本はその知恵がすごいというか、江戸期に蓄積された軍事のノウハウが、明治の近代化につながった部分があるように思うのです。でもそういった各藩の軍事事情などをきちんと実証しながら書いている研究書というのはあまりみかけません。

浅田　確かにそういう本や研究は聞いたことがないですね。僕はよく幕末を舞台にした小説を書くんですが、幕末は徳川のはじめのころと状況は何も変わってないんですね。

徳川時代の二六〇年というのはものすごく長くて、将軍が一五代も続いたほどです。その長い期間、どうして戦争が起こらなかったのかというテーマは研究してみる価値があると思います。

保阪　幕府の中心にいる官僚が優秀だったんでしょうね。近世文学をやっている人の話を聞いたら、幕末に近づけば近づくほど、日本には「抵抗文学」というのがないというんですよ。川柳とかはあるけど。

紙があって印刷の技術が入ってきたのに抵抗文学がひとつもないというのは、幕府の弾圧がいかにすごかったか、ということの証明なのだそうです。幕府には相当な知恵者がいて、体制を動揺させるようなものは許さなかった。

浅田　でも明治維新は劇的に変わりすぎて、何もかも価値観が変わったという感じの変わり方ですよね。もしかしたら「ロシア革命」以上かもしれないし、これほどの変わり方をした国は他にないのではないでしょうか。

保阪　維新後の権力の主体を見ると、今までの体制だったら権力の主体になるはずがないという人たちですものね。大政奉還とか大きな綱目があるけれど、なにか歴史が流れていくときの軸まわしが、もうひとつ分からない。

浅田　もちろん相当な無理はあったと思う。その無理が昭和二〇年代ぐらいまで続いたと思うのですが、それにしても日本が植民地にならずにすんだというのは、とりあえず明治維新の時点では、あの方法しかなかったのかなと思います。

保阪　僕も同感ですね。あのとき、国がどういう道を選択するか、理想論としては三つ、四つはあったと思う。でも植民地にされないためには、欧米の先進諸国がこれまでやってきたような武力で台頭していくという帝国主義的な道を、選択するしかなかったでしょう。

ただ僕は、江戸時代の知恵というものを活かした国家像というのがなかったのかなと思うけど。

浅田　結局、軍隊でいうピラミッド型の組織論が江戸時代にはなかったわけですよね。老中と若年寄の下にたくさんの奉行職があって、しかもどの役職も何人もいて、一カ月交代で変わるみたいな不思議なシステムです。こういう長方型の組織をピラミッドに変えるというのは、大変な革命ですよ。

ピラミッド型の組織は、おそらく一九世紀のヨーロッパで完成したんだと思います。軍隊からですよね。人間の声、指揮が行きとどく範囲が四人か五人ぐらいなんですよ。その四人か五人がそれぞれ下部のまた「四人か五人」を指揮してというのが、この三角形だと思うんです。軍隊の組織は明らかにそうですよね。幕府時代の組織システムから、行政も会社もピラミッド型によく転換できたなという気がする。

保阪　そのためには、やはり頂点に天皇を持ち出さざるを得なかったんでしょうね。しかし、よくこうした転換を短期間にやってのけたなとは思いますね。

「既成事実の追認」が日本人のクセ

保阪　また話が戻るようで恐縮ですけど、これからの日本と軍事のあり方を考える上でも、もっと国民的な議論で、防衛とはどうあるべきかを議論したほうがいいですよね。

浅田　なんだろう、やっぱりあの戦争を総括しなかったということが根っこにあるような気がします。変に全部を引きずって今にいたっているような感じとでもいいますか。それで「既成事実」として、こうなっているんだからいいんじゃないかっていう。

　僕はその「既成事実を追認していく」姿勢というのが昔から日本人のクセだと思っています。実は昭和の戦前期にやっていた「既成事実の追認」スタイルというのを、僕らも戦後ずっと気がつかずにやってきたんじゃないでしょうか。

　僕は学生時代、そのことに疑問を持たなかった。そりゃ安保がどうかとか、そういう問題は考えましたよ。でも戦争が終わって新しい日本が始まったことに関しては、残念ながら疑問を持たなかった。後から考えてみたら、総括していないんですよ。

保阪　いつも大きな流れのなかで、安易に答えを出してるってことですよね。

浅田　本当はおかしいんだけど、やっちゃったんだから仕方がないっていうのは、国民性としてあるんじゃないですかね。

だからアジア太平洋戦争の原点を探っていくと、僕は昭和三年（一九二八年）の張作霖爆殺事件に行き当たると思っています。あれは一部の軍人が、事実上の国家元首を気に入らないから暗殺してしまうというテロリズムですよ。

ところが日本の政府・軍部の全員がそれをわかっていたのに、「やっちゃったんだから仕方がない」という追認の仕方をしているわけですよ。

結局、張作霖爆殺事件は失敗だった。ここで失敗というのは、張作霖は殺したけどそのあとの展開に結びつかなかったという意味です。本当はあそこで**満州事変**[4]が起こるはずだったんだけど、そうならなかった。

だからもう一回、**柳条湖**[5]で同じ手を使ってやるわけです。で、これも同じように「追認」してしまう。もしそれが国民性だとしたら、間違いなくその後はズルズルとそういう方向にいって、こういう結果になったってことですよね。

4 **満州事変**（一九三一〜三三） 石原莞爾関東軍参謀らが主導・実行した武力による満蒙領有計画。一九三一年の柳条湖事件を契機に関東軍が中国東北部・内蒙古東部に武力侵攻し、その影響下で三二年に満州国が建国された。

5 **柳条湖事件** 一九三一年九月一八日、奉天（現瀋陽）駅北方の柳条湖で南満州鉄道が爆破され、関東軍は張学良軍の犯行として軍事行動を起こし、沿線から満州全土へと拡大させた。実態は関東軍参謀の石原莞爾、板垣征四郎らによる周到な謀略で、満州事変の発端となった。

保阪　追認、追認でやっていくと矛盾が膨れ上がって、最後は爆発して終わっちゃう。

浅田　そう、追認するたびに規模が膨らんでいくんですね。もちろんどこかで手じまいにできると思ってはいた。それは多分、「中国はもっと弱いだろう」という思い込みで、どこかで中国の勢いが止まるはずだって思ってたのが、実は意外と強くて。

保阪　中国のほうも決して日本には占領されないと、何年かけてでもやるという意思表示をしていましたからね。

張作霖爆殺事件は「ミステリー中のミステリー」

保阪　浅田さんにお聞きしたかったんですけど、張作霖爆殺事件のとき、町野武馬《まちのたけま》っているでしょ。会津出身の軍人で、当時張作霖の軍事顧問という立場にあった人物です。町野は張と同じ列車に乗っていて、途中の天津で下りて難をまぬがれている。この男の行動が僕は不思議で仕方がないんですよ。

浅田　大正時代に衆議院議員までやった人ですね。彼だけではなくて、北京発の爆破された列車っていうのは、途中でなぜか人が入れ替わっていくんですよ。特に天津で降りた人、天津から乗った人などがいるわけ。山海関から乗ってくる人もいる。

途中で降りたやつは、たぶん陰謀を知っている人。一方で途中から乗ってきた人たちは、死ぬために乗ったようなものなんですよ。これは偶然が多いんだけど。あれはほんとにミステリー中のミステリーです。町野武馬もその典型な人物で、北京から乗ってるんだけど、天津で降りてるんですよ。

保阪　町野については会津関係のところから刊行されている資料もあるんですけど、肝心なところは全然書いてなくて、不思議でしょうがない。

それともう一つ、張作霖爆殺を計画立案した河本大作の夫人と、陸士の同期で陸軍きっての中国通として知られた多田駿の夫人は姉妹ですよね。つまり彼らは義理の兄弟。

河本が日中戦争の火付け役みたいなことをやってた一方で、多田は参謀次長の要職にありながら石原莞爾ら日中戦争不拡大派の一員として、最後まで和平交渉継続を主張しました。

多田は当時、陸相候補ともいわれた逸材でしたが、日中戦争拡大派の東條英機との対立などから結局は更迭されてしまいますけど。

そういう人脈をふまえると、表面上で見えてくる事件の構図と違った、縁戚とかの利害関係が背後にあるのかなと思う。

浅田　すごくあると思いますね、それ。昔の家って、血を外に出さないで、親類とか同じヒエラルキーの人たちの中で婚姻をしていく伝統があるでしょう。軍人社会なんかもまったくそうで、おそらく軍人の家同士で結婚してたことも多いと思うんです。だからどういう婚姻関係か調べていったら、すごく意外なことがわかると思う。やってみたいんですけどね。

保阪　東條英機の長女の婿というのは杉山茂という人です。

浅田　そうそう。

保阪　旧陸軍軍人だったけど、四〇代で終戦を迎え戦後は公職追放を受けますが、自衛隊に入って陸将、第二代陸上幕僚長にまでなった人物ですね。だから怖いのは、元軍人に話を聞いているときに、たまたま誰かについて批判めいたことを言ったら「彼とは親類だ」なんてことがよくある。

浅田　特に陸大や海大を出た超エリートたちのところで通婚するケースが多いから、意外と狭い世界なんですよね。

保阪　それともう一人、ずっと興味あるのは四王天《しおうてん》延孝《のぶたか》なんですよ。四王天は第一次大戦のときにフランス軍に入って勉強した軍人ですが、フランス軍は反ユダヤで凝り固まったところがあって、なんでもユダヤが悪いっていうのがあるから、それに毒されて帰国するわけです。

同じくフランス陸軍に学び「日本工兵の父」と呼ばれた上原勇作から反ユダヤ思想を捨てろと諭されるのですが、四王天はいやだと言って陸軍を辞めてしまいます。退役後は帝国飛行協会の理事などをやるかたわら、いたるところでユダヤ陰謀論を講演して歩くようになります。

太平洋戦争に入ってからの昭和一七年四月に行われた翼賛選挙に四王天が出馬して八万票もの票を集め、全国トップで当選したのです。選挙区は東京なんだけど、インテリが多いはずの東京でユダヤ陰謀論を説く四王天がなぜそんなに票を集めたのか、僕はこれも不思議で仕方がない。

そのときの四王天の主張というのは、「日米戦争はユダヤの陰謀だ」というものなんです。アメリカの中に巣くっているユダヤの企みだから、それをやっつけなきゃいけないという話です。それを調べていってわかったのは、国民のレベルでもあの戦争が何を目的にしてやってるのか、その答えのようなものを欲していたのかなと。

「暴支膺懲《ぼうしようちょう》」だと日中戦争が始まって、そうしたら中国を米英が支援するようになり、しまいにはアメリカが日本への石油の輸出を止める……。その米英の不正義を正すんだと開戦の詔書には書いてあるけど、この戦争の目的がなにかというのが説明されていないんですよ。

だから国民はこの戦争が歴史的にどういう意味を持つのか、理解するために何かしらの「柱」が欲しかった。こういうときに陰謀論のようなものはわかりやすい答えをくれますからね。今の時代だってさまざまな陰謀論が流布されているように。

浅田　僕が思うに、明治以降ずっと、日本人は「日本という国がどこへゆくのか」を説明する「柱」をみつけられなかったんじゃないでしょうか。それがないまま「軍人勅諭」だとか「教育勅語」を国家的なスローガンのように考えた。でもそれは残念ながら「柱」にはなりえないんですよね。

保阪　逆に言うと、「柱」がないからいつもグラグラするんですよ。状況のいいときは隠れて見えないけど、悪くなったら全部噴き出る。

東條は「上司にしたくないタイプ」

浅田　だからさっきの話に戻りますけど、軍人がよかれと思ったことを勝手にやったり、そうしてできてしまった既成事実を追認していく風土というのも、そこから生まれているように思えるのです。「誰かが何かをやらなきゃいかん」というような。河本大作だってよかれと思ってやったんだと思いますよ、本人としてはね。

つまるところ、将来の日本をどうしていくかというグランドプランが今も昔もない。国家的スローガンがはっきりしないからみんな迷って、それぞれ自分が決めたことをよかれと思っちゃう。

保阪　東條英機などは自分がよかれと思ってやったことに対して、反省するということがまったくない。絶対的に自分が正しいとしか思ってない人だったから。そういう人がどうしても前に出てきてしまう。

浅田　いろんな本を読んでみても、東條英機という人はとても国家のイニシアティブをとるような人ではない気がするんです。もちろん、実務家としては優秀だったと思うけど。

保阪　せいぜい連隊長止まりとか、大臣になる器じゃなかったといわれますね。

浅田　組織の中にいたら自分の部下には欲しいけど、上司にはしたくないタイプ。マメで仕事はすごくきちんとやりそうな気はするから。

保阪　そういう意味じゃ便利な人だけど、上から命令されたくはない（笑）。

浅田　ただ考えようによっては、東條英機は悲劇の人で、例えば永田鉄山が殺されなければどうなっていたか……。

　永田鉄山の部下として実務を実行していくようなポジションがふさわしい人だったのかなと思うんです。それが、急に兄貴がいなくなっちゃって、前面に押し出されちゃったという側面もあるでしょう。

保阪　そして東條に注意する人とかは、まったくいなくなった。石原莞爾と喧嘩はやるわ、岡村寧次《やすじ》とか渡辺壽《ひさし》など先輩の言うことも全然聞かない。とうとう東條が完全にワンマン的になるんですけどね。

浅田　政治力はあったのかな。周りの人と喧嘩して追い落とし、負けないで生き残りますよね。

保阪　僕が話を聞いてきた軍人のなかで東條を褒める人はあまりいなかった。みんな「一所懸命やった」とは言うけど。

浅田　あまり好かれていなかったってことですかね。

保阪　以前イギリスのＢＢＣが「トウジョウ」っていう番組を作ったとき、僕が手伝って一緒に歩いたんですね。なんで東條をテーマにしようとしたのかディレクターに聞いたら、イギリス人は第二次世界大戦に関係する日本人というと天皇ヒロヒトしか知らない。でも政権トップの座にいて実際に政治を動かしていたのは東條だろうから、彼に焦点を絞ってみたいのだと。

それで番組クルーと一緒に一カ月ほど取材しました。最後に意見交換したときに、そのイギリス人ディレクターが面白いことを言いました。「あなた（保阪）も含めて日本人が東條について話すとき、共通するのは言葉が外に出てこない。言葉を飲み込んでしまう」と。彼らがドイツでヒトラーについて取材したとき、ドイツ人というのはみんな積極的に証言や考えを表明したので、それと対照的だというわけです。

そう指摘されてハッと気づいたのですが、僕がかつて東條の評伝をまとめようと思って関係者の軍人たちに話を聞いたときも、確かにみんな東條に好感を持っていないにもかかわらず、積極的に証言してくれる人はあまりいなかった。まあ、他人の批判を公然としたくないという日本特有の文化のようなものかもしれないけど。そういうの、自衛隊にもありましたか。

浅田　わかります。自衛隊に限らず表立って批判したり文句をつけたりするのはやっちゃいけないことだというのは、おそらく旧軍にもあったと思います。「表立って言わないけどわかってくれよ」という感覚。

そこがすごく陰湿で、これは別に軍隊だけじゃなく日本社会全体にも言えるんじゃないでしょうか。例えるなら「体育会系の陰湿さ」みたいなもので、クラブ活動でも体育会系はみんなさっぱりしているかというと、実は文系よりもネチネチしているところがある。
それの一番凄いのが、最も「体育会系」な軍人じゃないかな（笑）。だからそういう組織のなかで石原莞爾みたいにものをバンバン言う人間というのは、やはりとても異色だったと思いますよ。

石原莞爾はなぜ「神話」化されるのか

浅田　東條のことをよく言わない人は、逆に石原莞爾のことはどう評価するんでしょう？

保阪　二つに分かれますね。石原莞爾という人は案外人脈が広い。彼のことを「将軍」と呼ぶ人はまず石原莞爾に好感を持っています。持ってない人はだいたい「石原」と呼び捨てですね。大嫌いな人は「石原が日本を悪くした」とか「石原と辻政信[6]、あと何某が陸軍の三大悪人」と形容します（笑）。

石原に関する同じ事実について、一方は誉め言葉で評価し、他方は非難するといった具合です。誉め言葉で語る人は結構多いのですが、それが行きすぎて最後は神話までつくっちゃう。例えば中国で戦闘があったとき、石原は先陣を切って城壁を上がっていった。敵からバンバン撃たれて倒れる兵士

6　**辻政信**（つじ・まさのぶ　一九〇二〜？）　陸軍軍人。陸軍大学校卒業後、関東軍参謀などを経てノモンハン事件で作戦指導にあたる。太平洋戦争下ではシンガポール攻略、ガダルカナル島攻略を指導。敗戦後は戦犯訴追を逃れ東南アジアに潜伏し、一九四八年に帰国。国会議員であった六一年にラオスで行方不明となる。著書に『潜行三千里』など。

が続出したのに、石原にだけは当たらなかったという話があります。弾が石原を避けていった、というオチまでついて。ありえない話ですが、そういう「神話」が石原にはずいぶんあります。

浅田 石原莞爾が前線で指揮をしたことなんて、ありましたか？

保阪 ないと思いますよ。いつですかって聞くと、石原の若いころだと言うけど、ありえないです。

浅田 あるとしたら熱河《ねっか》作戦かな？

保阪 満州事変のときも彼は関東軍の司令部にいたけど、前線には行ってないですから。

浅田 行くわけないですよね、立場上。連隊長時代だって前線へ出たことはないはずだからおかしいな。日露戦争にだって従軍していないはずだし……。やはりそれって神話ですね。

保阪 そういう話がいっぱいある。石原莞爾の持つある種のカリスマ性というのは、突き詰めていくと彼が信仰していた日蓮宗の影響があると思います。

浅田 **田中智学**[7]がはじめた国柱会ですよね。

保阪 そう。だから日蓮の立正安国論とか日蓮宗の末法思想などいろんな要素を組み合わせて、石原莞爾は軍事と宗教を絡ませながら『**世界最終戦論**』[8]のような世界観をつくりあげたのではないかと思うのです。

浅田 いや、僕も実はそこを書きたいんだけど、これが難しいんですよね。ただ石原自身が日蓮の教えのなかにある「前代未聞の大闘諍《だいとうじょう》　一閻浮提《いちえんぶだい》に起こるべし」（『撰時抄』）を軍事研究の目標に置いたと言っているように、日蓮宗が持つキリスト教のハルマゲドン的な考え方を石原が盲信していたフシはおおいにあります。

それを彼は「世界最終戦争」として構想し、帰納的にすべてを思考したのではないでしょうか。仮にそうだったとすると、それが「満州事変」だったのか、ということになるわけですが。

保阪 満州事変は世界最終戦争のための兵站地域づくりだと、石原は言ってます。

浅田 でも、そうだとしたらたまったものじゃない。あの当時の陸軍にどの程度国柱会の会員がいたかっていうのはとても興味深い点ではあるけれど、ただ信仰に絡むことだけになかなか調査しづらい面があるのは確かでしょう。

7 **田中智学**（たなか・ちがく　一八六一〜一九三九）宗教家。日蓮宗の僧籍を有したが、在家仏教を唱えて僧籍を離れ、横浜に在家信徒団体を設立。のちに東京で立正安国会を創立し、これを国柱会と改称した。日蓮主義を標榜する、独自の日蓮宗学体系を完成させた。

8 **『世界最終戦論』**　陸軍の石原莞爾による一九四〇年の著作。日本を東洋文明の代表、米国を西洋文明の代表として、両者が人類の覇権をめぐる最終戦争を行い、その後に永久的な平和が世界に訪れるという独自の軍事思想を展開した。

難しい「石原莞爾」の評伝

保阪　みんな避けてますよね。石原莞爾の日蓮への傾倒の仕方を分析するためには、当然ですけど日蓮宗のことを深く理解する必要があるでしょう。

ただこれまで作家として評伝を手がけてきた経験からいうと、評伝をまとめるのはひとつの山を麓からどういう道を通って頂上まで登りつめるか、という作業なんですね。東條英機の伝記を書いた時に僕は思ったのだけど、陸軍の歴史を書いて東條を書けば道は一本で、頂点まで上り詰めた評伝はすぐできるんです。ほかの軍人もだいたい一本道で書ける。

ところが石原莞爾だけは頂上までの道が七つも八つもあるわけですよ。**東亜連盟**[9]、軍人、作戦部長時代の不拡大方針とか、日蓮主義とか満州建国とか。それらの「登山ルート」をぜんぶ登っていかなければ、石原という人物の全体像が見えてこない。

僕はそのことがわかって、よしぜんぶ登ってやろうと思って関係者への接触をはじめたのですが、すぐにこれが容易ではないと気づいた。たとえば東亜連盟と石原のことを知りたいと思ってその関係者に会うと、「オレのところに来る前に誰を取材したか」と聞かれる。名前をあげたら「バカ！　そんなやつに何がわかるか。お前がそいつに取材するならオレは断る。そいつに話を聞きにいかないと約束すれば取材に応じる」という具合なんです。要するに、石原の関係者同士がみんな仲が悪くて、どの「登山ルート」にいっても似たような対応でした。

これでは、関係者が元気なうちは誰も全ルートを登って石原莞爾を書くことはできないだろうと思い知らされました。結局、関係者が全員鬼籍に入ってから、残された資料を集めてまとめるというやり方しかないと思いました。これまでに石原莞爾の評伝は二〇冊くらい出ていますが、ほとんどは一本道でしか登っていない評伝なんですよ。僕は全部のルートを固めながら登っていって、こんな人なんだよっていうようなのを書きたいと思うけど。

浅田　石原莞爾ほどたくさん書かれた軍人っていないと思うんですけど、先ほど保阪さんが指摘された「神話」的な話が必ず入ってくる。あと事実の部分は共通だから、どれを読んでも同じなんですね。でも「神話」のどれを信じて、どれが信じられないかというのが、僕にはわからないんですよ。

保阪　僕が書きたいと思うのは、「石原莞爾」をつくった根っこはどこにあるのかというテーマです。たとえば石原莞爾は父親と仲が悪かったそうです。石原の父というのは警察官でしたが、子供のときからどこか父親を馬鹿にしたりするところがあって疎遠でした。

浅田　そうですね、警察署長にまでなったのかな。

9　**東亜連盟**　石原莞爾を指導者として一九三九年に結成された国家社会主義団体。王道主義を掲げ、国防や経済で日本と中国、満州国が連携することを目指した。

保阪　鶴岡（山形県）生まれの石原には、父親は賊軍のくせして官軍の手先になったと映ったんじゃないかと僕は思うわけ。

浅田　石原の賊軍思想ですか。

保阪　石原はどうやら子供のときにそういう風に思い込んだらしい。周囲の誰かが知恵を付けたんじゃないかと思うけども。

浅田　それと、彼は陸士を出てから会津若松の連隊に配属されたでしょ。会津は戊辰戦争の激戦地で、今でも遺恨が残る特別なところですし。僕は、石原が日蓮宗に関心を持つようになったのは会津時代じゃないかなと思うんです。

保阪　確かにその時期は重要で、そこで彼は一種の自己変革をやりましたね。それと大正九、一〇年ころ、第一次世界大戦後のヨーロッパで新しい戦争の様子などを学ばせるため、陸軍は中堅幕僚をドイツへ派遣します。石原も駐在武官として派遣されましたが、ほかの連中は軍服や背広で歩いて見たり話を聞いたりしているのに、石原だけは和服姿だった（笑）。在ベルリンの駐在外交官がこんなやつを送らないでくれ、日本人の恥だと電報を打ったという逸話が残っています。

石原らしいというか、あえてそういうことをやる男なんでしょうね。ただあのころに石原がものすごく勉強したのは事実で、ドイツ語も完全にマスターしてしまったというし。

浅田　なんでしょうね、徹底的な反動主義者だったのかな……。

不公平感が残る東京裁判の本質

保阪　石原は昭和二〇年の終戦以後、故郷の鶴岡に蟄居して彼を慕う門弟らといろんな議論をしています。それをまとめた発言録を読んで僕が一番驚いたのは、戦後の日本国憲法を石原が肯定的に評価しているんですよ。その上で日本は道義国家として、この憲法を守ってアメリカを見返してやろうじゃないかと、そう発言しています。

またかつて唱えた『世界最終戦論』についても、なんと傲慢な考え方だったか、若気の至りで恥ずかしい、とそこで反省の弁を述べてもいるのです。そういう晩年期の石原の思想的変遷を、どういう風にとらえたらいいのか……。

逆に言うと、石原にはとても多面的なところがある。彼の人物像を描く際にどのポイントを押さえていけばいいか、また一本の筋で押さえていくときにどう取捨選択していくか、物書きとしての腕が試されそうです。

浅田　うーん、彼は確かにもの凄い「変人」なんだけど、満州事変を主導して日本の歴史を変えてしまったことも事実ですよね。どうして石原が東京裁判で戦犯に指名されなかったのか不思議です。

保阪　石原自身も証人出張尋問の際に、検事団に向かって「満州事変の中心はこの石原だ。どうしてこの石原を裁かないのだ」と怒鳴りつけています。

浅田　石原とともに満州事変を起こした**板垣征四郎**[10]と比べた場合、どちらがリーダーシップをとっていたかといえば、これは明らかに石原が考えたことを板垣が実行したという構図でしょう。

保阪　確かに板垣や土肥原賢二らは思想的、戦略的に石原の追従者、いわば「脇役」です。

浅田　そうですよね。だから結果的に板垣と土肥原がA級戦犯として死刑を宣告され、石原本人は訴追もされないというのは……。GHQはそんなに甘くないと思うんですが（笑）。

保阪　石原が訴追されなかったのは、東條と対立していたことが理由だと言われています。また太平洋戦争の開戦時にはすでに予備役だったことも関係しているとも。

浅田　でも、満州事変も訴因のなかに含まれていますよね。

保阪　もちろん含まれます。起訴状には犯罪事実として五五もの訴因が列挙されましたが、彼は満州事変の首謀者ですから、そのなかの重要なものに三つか四つは引っかかったと思いますよ。

浅田　裁判を単純化しようとしたのかな。範囲を広げると公判期間が長くかかってしまうから、石原のような一番ややこしいやつは省いたとか。

保阪　満州事変のときの石原は階級が中佐で関東軍のヒラ参謀。さほど重要なポジションにあったわけではなく、この程度の軍人が首謀者だと検事団も考えなかった可能性もあります。それに、中佐のような階級の軍人まで起訴していったら浅田さんの言う通り、きりがない。

裁判を「単純化」した結果なのか、海軍側では一人も死刑判決を言い渡されていないのも不思議だし、また軍には行政としての軍政系統（陸軍省）と実際に軍を動かす軍令系統（参謀本部）がありますけど、東京裁判で裁かれたのは軍政系統の軍人のみですから。あの裁判を総合的に見ると、やはり矛盾があることは否めません。

浅田　裁判そのものの是非は別としても、今から考えると東京裁判にはかなりの不公平感が残りますよ、結果的に。

あくまでも僕の個人的見解ですけど、絞首刑となった七人のなかで、日中戦争時の上海派遣軍司令官だった**松井石根**[11]はそれほどの悪人といえるのかな、という気がします。

保阪　これは戦地での虐殺事件を告発されてその責任をとらされたかたちで、松井はいわゆる南京事件ですね。ほかにもビルマだと木村兵太郎、フィリピンでは武藤章らがやはり同様に絞首刑を宣告されています。でも松井は南京戦での部下の掠奪行為を後で聞かされた際に、泣きながら怒っています

10　**板垣征四郎**（いたがき・せいしろう　一八八五～一九四八）　軍人（陸軍大将）。北京公使館付武官補佐官などを経て中国通となり、関東軍参謀時に石原莞爾と満州事変を実行した。満州国成立後に同国執政顧問。近衛内閣の陸相も務め、太平洋戦争終戦時は第七方面軍司令官としてシンガポールで英軍に拘束される。その後の東京裁判ではA級戦犯として絞首刑に処された。

11　**松井石根**（まつい・いわね　一八七八～一九四八）　軍人（陸軍大将）。ハルビン特務機関長、台湾軍司令官を歴任し予備役となっていた一九三七年、日中戦争の勃発で召集され、上海派遣軍司令官、中支那派遣軍司令官として南京攻略に当たった。その際の南京事件の責任を問われ、東京裁判でA級戦犯とされ刑死。

よね。こんなことを皇軍がやるとは何事だ、と。結局、裁判では部下が勝手にやったことへの「不作為の罪」を背負わされるかたちになりました。

浅田　かわいそうな気がするなあ。しかも松井は昭和九年に現役を退いていて、日中戦争がはじまるとむりやり予備役から引っ張りだされて司令官にされて、南京のことだってはっきりとわかっていない状況で行ったようですし。僕はあのメンバーのなかで、松井には同情的なんですよ。

保阪　例えば、東條などは死刑の理由となる訴因が七つもつけられましたが、彼はたった一つでしたしね。

浅田　そういったことも踏まえて東京裁判の本質とは何だったのかを考えると、結局ドイツの戦争犯罪を裁いた**ニュルンベルク裁判**[12]との整合性を重視したんじゃないかという気がするんです。ニュルンベルクであれほど大がかりな裁きをした後だから、日本でも同じような結論をという大方針の下で。

保阪　ニュルンベルク裁判は一年ほどだったのに、東京裁判は二年半もかかっていますよね。検事団だって、ニュルンベルクは四カ国だけなのに、東京裁判では一一カ国に及びます。短期間で判決までもっていこうにも、やり始めたらあれやこれやとやらなきゃならないことが次々に出てくるし、寄せ集めだった検事同士の功名争いも生じたり……。

浅田　ドイツと日本を同じ基準で裁こうとしたことに、相当な無理があったのでしょう。組織的で計画的に実施されたナチのホロコースト（ユダヤ人大量殺戮）のようにわかりやすい戦争犯罪と、日本のそれとは質的にやはり違いがありますからね。

保阪 そもそも、いわゆる「A級戦犯」として起訴された二八名は昭和三年の張作霖爆殺事件から「共通の計画または共同謀議の立案または実行に指導者、教唆者または共犯者として参画」したとされましたが、この「共同謀議」という英米法特有の法理論がクセものでしたよね。これはマフィアの犯罪などを念頭にしたもので、実際にその話し合いの場にいなくてもそのポジションにいたというだけで訴追できてしまう。

「共同謀議」といっても、開戦へのプロセスで行われたさまざまな役所の会議もメンバーは入れ代わっているし、陸軍大臣だってクルクル変わっていたのが実態ですから、かなり無茶な話です。

さすがに判決では、「A級」にあたる「平和に対する罪」だけでの死刑宣告は回避されましたが。

「情緒に訴える」戦争小説は最大の「風化」

保阪 話は変わりますが、最近の小説家で太平洋戦争を舞台にした作品をいくつも書いている古処《こどころ》

12 **ニュルンベルク裁判**（一九四五～四六） 第二次世界大戦におけるドイツの重大戦争犯罪を裁くため、同国ニュルンベルクで開かれた米英仏ソ四国による国際軍事裁判。「平和に対する罪」「人道に対する罪」という広義の戦争犯罪規範がユダヤ人大量虐殺などに適用され、ナチ指導者ら二二名が有罪、うち一二名が絞首刑となった。

誠二さんという方がいるのですが、ご存じですか。

浅田　もちろん。彼も自衛隊出身ですから。

保阪　彼の描く戦場での兵士の会話や心理描写がとても迫真的で、僕もそのあたりを評価して彼の本の書評を書いたことがあるんですよ。かなり年輩の人かと思っていたら、後で四〇代と聞いて驚きました。

浅田　よく勉強してますし、文章も達者だし、もっと評価されていい作家なんですけどね。

保阪　少し前に毎日出版文化賞を受賞されましたが、ああいった作品で直木賞などは難しいのですか。

浅田　僕も自分で書いて感じたのですが、戦争小説というのはまず売れない（笑）。最初から女性読者がいないと思わなきゃ、というくらい。その意味では、最初から読者数で見劣りしてしまうところがあります。自分でいろんなものを書いてきた経験から、それははっきりわかりますから。

もちろん例外もあって、戦場を舞台にしながらそこに感動や涙といった要素を強調して情緒に訴える作品もあるけど、僕は戦争を情緒でとらえるっていうのは嫌なんです。それこそ、最大の「風化」だと思うんですよ。

保阪　ああ、やっぱり軍隊のものは難しいんだな。昔、芥川賞をとった野呂邦暢さんの『草のつるぎ』（一九七四年、文藝春秋）って小説ありましたよね。

浅田　自衛隊の話ですね。

保阪　野呂さんも自衛隊にいたことがあって、あの方はほんとに若くして亡くなっちゃったけど。

浅田　戦争そのものを舞台にしたら、小説は永遠に売れないと思います。小説って夢の世界だから。小説を読んで嫌な思いをしたくはないですから、誰もね。だから戦争小説のベストセラーはなかなか出づらい。書くのであれば、それを承知の上で書かないと。

少し前ですが、従軍ペン部隊の作家を主人公にした小説（『長く高い壁』角川書店）を書くために、日中戦争や太平洋戦争での従軍作家たちについて調べたことがあるんです。それがなかなか嫌な話なんだけど、みんな、戦場に行くのに凄いお金をもらってるんですよ。

まず、ほとんどが新聞社か出版社の特派員というかたちで行くわけですけど、軍の機密費からも一律で七〇〇円だったかな、ボーナスのように支給されたそうです。これは当時としては大変な金額で、今の二〇〇〇万〜三〇〇〇万円に相当します。ある大学の先生がそのあたりを詳しく研究していて、間違いないんですよ。

さらに嫌らしい話なんですけど、例えば忙しい新聞連載を抱えてるような売れっ子作家が、従軍ペン部隊に参加して戦地に行ったとしますよね。そうすると、その間の連載がお休みになるわけです。これは小説家にとって実に「うれしい」話で、だって四〇日間くらい、ひと息いれられるんですよ。しかも、特派員としてのお給料に加えて、軍から一時金まで支給されるんですから。

保阪　ペン部隊っていうのはみんなそうだったんだね。

戦争への協力を作家は断れるか

浅田　おそらく菊池寛さんあたりが旗を振ってやったんだと思いますけどね、新聞社と一緒に。先ほど話に出た永田鉄山の思想でもあるんだけど、物的人的資産のすべてを活用して戦争をするという国家総動員体制下にあっては作家だって協力しなくてはいけないから、吉川英治さんのような人だって当然行かざるを得なかったでしょうし、仮に自分がその立場だったら「嫌だ」と断る勇気があったかどうか疑問です。

たとえば個人的には戦争に協力したくはなかったとしても、出版社の社長から「浅田さん、すまないけど特派員で従軍ペン部隊に四〇日ほど行ってくれない？　その間連載とめてもいいから」と頼まれたら、嫌な話だけど本音ではわりと魅力的（笑）。戦争に協力するとかどうかじゃなく、頼まれて断れないという話だから、大義名分はあるわけですよ。

そもそも日中戦争にペン部隊で従軍した作家たちだって、その戦争がいいか悪いかなんてよくわからなかったと思う。当時でいうところの支那事変（日中戦争）の真っ最中に大陸に行ったたって、理解できた人なんか誰もいないと思いますよ。あの「戦争」ほど、わけのわからない戦争はないですから。

保阪　変な言い方だけど、いわゆる「食えない」作家が小遣い稼ぎで行ったケースもありそうですね。

浅田　それもあるでしょうね。

保阪　林芙美子とか、吉屋信子のような女流作家も結構行ってます。

浅田　やはりそれが菊池寛の力だと思うし、出版社の社長から声をかけられたら断れませんよ。なかには原稿料や印税を前借りしてた人もいたかもしれないし、それだったらなおさら（笑）。

だからペン部隊というのは調べれば調べるほど、彼らの立場がわかるだけに酷な話だなとは思いました。でもあえて大先輩方に文句をつけさせてもらえるなら、日中戦争が何かってことをもう少し考えてほしかった。

だって暴支膺懲などというスローガンに、大義名分なんてあるわけないじゃないですか。つまりそれしか他にいいようがない、なぜはじまったのかを誰も説明できない戦争だったということ。

だから僕は、当時の知識人には重大な責任があったと思う。

保阪　太平洋戦争はもう日中戦争の延長だから、いってみれば前段と後段みたいなものですからね。

浅田　そう。だからこそ真珠湾攻撃による日米開戦があれほど熱狂的に国民に受け入れられたのでしょうね。つまり、戦争がやっと「わかりやすく」なったからなんじゃないかと思う。はっきりしたから。

保阪　やっと「敵米英」「対米英聖戦完遂」と言えるわけですよね。中国とは互いに宣戦布告がない、正式の戦争ではないという立場だから、それこそ暴支膺懲としかいえない。生意気だから懲らしめてやれなどというスローガンによる戦争というのは、本当におかしいと思います。

浅田　それと、顔の似てる人間より、顔の違う白人のほうが「敵」というときにわかりやすかったんじゃないでしょうか。単純にそういうことってあったと思う。やはり同じ顔や肌の色をしている中国人に対しては、憎み切れないところがあったのでしょう。

だから国民は日中戦争に疑問をもっていたんだと思います。政府が「事変」と呼ぶわりには相当な数の人を動員はするし、戦死者もたくさん出ている。それを「暴支膺懲」だとかで無理矢理戦争してるんじゃないかと。

保阪　その不満が、真珠湾で一気に解消されたってことですね。

浅田　なんだか、国民の総意に基づいて対米開戦したという感じになっちゃった。だから元をたどれば日中戦争にそもそもの問題があったと思うのです。

保阪　元をたどれば満州事変ですから。

浅田　だから、さっきの石原莞爾に話は戻るわけだけど。

「保阪さんの回顧録が読みたい」

保阪　昔、僕が東條英機の評伝を書こうとしたとき、昭和一五年から終戦までの内大臣で昭和天皇の側近だった木戸幸一[13]（一八八九〜一九七七）がまだ元気だったので昭和五〇年代のはじめに取材を申し込んだのです。僕も若くて怖いものがなかったころだから。

浅田　ええっ、あの木戸幸一に⁉

保阪　最近この話をすると浅田さんみたいに驚かれるんですよ（笑）、もう歴史上の人物というイメージでしょうからね。

当時、木戸は原宿のマンションに住んでいて、東條についてお話を聞きたいという手紙を出したのです。すると返事がきて、「君のその質問はよくわかるから、自分は健康の問題で会えないけど、ある人を通じて答えは伝えましょう」という内容だった。それから一カ月ぐらいたったある日、木戸の周辺にいる広報係みたいな立場の人物から呼び出しがかかって会うと、「あなたの質問に対する木戸さんの答えを読みますからメモしてください」といって、書面を読み上げてくれました。

一番印象に残っているのは、「なぜ東條を首相に選んだのか」という僕の質問への回答を箇条書きで読み上げてくれたところです。もちろん、すでに一般的にいわれている通り「お上」への忠誠が抜きん出ていた東條をもって陸軍内部の強硬派を抑え込もうと木戸が推し、それに天皇が「虎穴に入ら

13　木戸幸一（きど・こういち　一八八九〜一九七七）　政治家（重臣）。農商務省から内大臣秘書官長となり、西園寺公望ら宮中・側近グループや革新派官僚・軍人らと関係を深めた。近衛（一次）・平沼内閣で閣僚を歴任後、内大臣となり、昭和天皇の側近として東條英機の首相就任などに関与。戦後はA級戦犯容疑で終身刑となったが、後に釈放。

ずんば虎子を得ずだね」と同意したという経緯を認めた上で、木戸の回答にはさらに「軍人たちはみな華族になりたがっていた。東條にもそういう願望があるのは自分も薄々感じていた」というのがあったんです。

確かに満州事変の功によって本庄繁なども華族になっているんですよ。僕は木戸のその回答が一番面白かった。軍人は「爵位」という勲章がやっぱり欲しかったんだなあと。芥川龍之介が、「なんであいつらは勲章ばっかり、よく平気でいられる」って言ったのはそこでしょうね。

東條の奥さんにはすでに話を聞いていて、なんとなく東條が華族になりたがっていた感じをもっていたんだけど、木戸の答えであらためて納得した次第です。

浅田　東條の世代は士官学校時代に日露戦争がありましたが、その直後は軍人に対して華族を乱発しましたよね。それが「最大の勲章」だと思い込んだんじゃないですか。一番多感な若い時代にそれを体感してしまったんだと思います。その世代の人たちと、ずいぶんお会いになってるんですね。

保阪　半藤一利さんは僕のひと回り上なので昭和二〇年代から将官と佐官の間、つまり政策をまとめたり作戦を指揮した層に会ってるんですよ。僕が取材をはじめたのは昭和四〇年代の終わりころから。何のつてもないから、偕行社の名簿借りてきて手紙を出すだけでしたが、ほとんどの旧軍人は会ってくれました。やはりまだ左翼が強い時代でしたから、彼らが表立って発言できなかったという背景もあったと思います。東條の側近の一人で企画院総裁も務めた**鈴木貞一**[14]などにも会いましたよ。

浅田　鈴木貞一にも会えたんですか。確かとても長生きされたような。
保阪　享年一〇一歳でしたから。芝山町（千葉）のお宅で会いましたが、記憶は細部まで驚くほどしっかりしていました。
浅田　どんな人でした？
保阪　三回ほど会ったときに、「君らの世代に言うけど、アメリカを信用しちゃいかん」と。アメリカというのは寄せ集めのとんでもない国だと、盛んにアメリカを批判していました。「ロシアの方がどれだけ信用できるか。ノモンハン事件の交渉にワシも立ち会ったが、ロシアはきちんと線を引いた」という具合です。東條については、良くも悪くも言わなかったですね。
鈴木貞一は東京裁判で終身禁固刑を言い渡されます。その後、池袋のサンシャインシティービルの場所にあったいわゆる「巣鴨プリズン」に収容されたわけですが、サンフランシスコ講和条約の発効によってこの刑務所の管理が占領軍から日本に移管されるんですね。
そうすると管理がいい加減になりまして、みんな結構自由に自宅へ帰ったり、集まって麻雀をやったりできた。でもこの鈴木貞一が偉いのは、そういうなかできちんと巣鴨で囚人生活を送ったことです。

14　**鈴木貞一**（すずき・ていいち　一八八八〜一九八九）　陸軍軍人。中将で退役後、近衛（二次・三次）・東條内閣で企画院総裁を務めた。戦後にA級戦犯容疑で終身刑（後に釈放）。

浅田　彼は一番中央に長くいたから、全部知ってると思うんですよ。

保阪　鈴木貞一については、東大にいた日本近代史研究者の伊藤隆さんらが詳細な証言テープを録っているんですよ。そこではかなりいろんなことを話しているそうです。

浅田　すごいな、鈴木貞一回顧録か。それ是非読みたいですよ。

保阪　会いにいったらいきなり怒鳴られたことだってありましたよ。三国直福という陸軍の軍事調査部長だった軍人で、東條内閣の下で防諜や思想調査を取り仕切っていた人物です。手紙を何度出しても返事をくれないので、新宿にあった自宅にうかがったら「お前は何者だ！」と一喝されて。どうも共産党関係者と間違えられたみたいで（笑）。

浅田　保阪さん自身が回顧録を書いてくれたらそれこそ読みたいな。それだけいろんな人に会って直接話を聞いている人っていないでしょ。

保阪　いえいえ。主に聞いたのは半藤さんが将官・佐官クラスとしたら、僕は年代的に佐官・尉官クラスです。現代史家の秦郁彦さんなんて、昭和二〇年代から旧軍人たちに会ってますから、それに比べたら僕はかわいいものです。

なぜ今、大川周明が売れているのか

浅田　あの山崎豊子さんの『不毛地帯』のモデルといわれた元大本営参謀で戦後、シベリア抑留から帰国して伊藤忠商事の会長になった、瀬島龍三[15]さんにも会っているんですよね。

保阪　瀬島龍三は、こちらの質問に対して巧妙に答えをはぐらかす人でしたね。彼は昭和一九年末にモスクワへクーリエとして赴いているんですが、そのことを隠して言わない。僕がその証拠となる資料を入手して再確認したらようやく認めました。どうして今までそのことを言わなかったのかと問うと、「聞かれなかったから」(笑)。

台湾沖航空戦で米空母一一隻を撃沈したという大本営発表がまったくの虚報だったという話は有名ですが、この戦果はおかしいと現地から堀栄三[16]参謀が送った電報を瀬島さんが握りつぶしたという一件もそうです。戦後、堀さんが瀬島さんと会った際に瀬島さんからそのことを告白されたのですが、この話が公になると、瀬島さんはそんなこと言ってないという。まあ彼だけじゃないけど、そうやって記憶を操作するタイプは多いですよ。

15　**瀬島龍三**(せじま・りゅうぞう　一九一一～二〇〇七)　陸軍軍人、実業家。太平洋戦争では大本営の参謀として多くの作戦を指導。終戦時は関東軍参謀として満州でソ連軍の捕虜となり、シベリアで抑留生活を送る。一九五六年に帰国後、伊藤忠商事に入社し、航空機部、業務部長を経て会長、相談役。第二次臨時行政調査会委員や、中曽根内閣では日韓関係正常化の特使を務めた。

16　**堀栄三**(ほり・えいぞう　一九一三～一九九五)　軍人・自衛官。太平洋戦争中は大本営情報参謀として米軍の戦法などを研究。戦後は陸上自衛隊に入り、西ドイツ大使館防衛駐在官や統合幕僚会議第二室長を歴任後、退官。著書に『大本営参謀の情報戦記』。

浅田　最近、大川周明の本が売れているとか。あれ、何なんでしょうかね。

保阪　ああ、新聞に大きな広告が出てたり。何だろう、たとえば戦前の教育勅語は道徳的にいいから復活させるべきだというような、「戦前の日本は正しかった」というムードの一種なのかな。あと、どこか日本人の心の奥底にある、アメリカの軛《くびき》から逃れたいという願望に訴えるのかもしれませんね。

浅田　広告をよく見かけるので何で今、大川周明なんだろうと思って本屋で手にとってみたけど、読んでるうちに気持ちが悪くなってくるような、なんだか悪い夢でも見そうな気がして。僕にとっては大川周明という存在そのものが不思議なんです。

保阪　大川は国家社会主義者の**北一輝**[17]（二・二六事件への関与で死刑）などと交流があり、当時の軍部に思想的影響を与えた右翼の理論家ですが、頭山満の玄洋社などともつながるアジア主義者としての顔もありましたね。

　昭和六（一九三一）年の陸軍参謀本部将校らによる「一〇月事件」（クーデタ未遂事件）への関与などから、東京裁判ではA級戦犯容疑者として訴追されたものの、精神障害と診断されて途中で免訴となりました。

浅田　北一輝というのは、どちらかというと社会主義の影響が強い気がします。

保阪　確かに彼の『日本改造法案大綱』などを読むと、私有財産の制限とか財閥の解体など、ソ連がやったような社会主義のある種の変形版という感じです。

浅田　ただ大川はよくわからない。一種の天才ではあるんだろうけど、デモーニッシュなイメージを僕は持ってしまうんですよ。

保阪　やたら目も大きいし。東京裁判の法廷でも、前に座っている東條英機の頭を叩く奇行が映像として残っていますね。ちょっと変わった人なのかな。

浅田　結局、大川周明のような思想が出てきたということも、繰り返しになるけど明治以降の「新しい日本」というものにグランドデザインがなかったことの裏返しなんだと思う。戦前の日本も戦後の日本も、突き詰めていくと国家としての「正体」がない。

保阪　おっしゃる通りですね。国としての「ありうべき姿」がないから、そのときそのときの国際情勢に振り回されて右に行ったり左に行ったり……。だから安易に憲法を変える前に、もっと本質的な国民的議論をやらなきゃダメなんです。

17　**北一輝**（きた・いっき　一八八三～一九三七）国家社会主義者。中国の辛亥革命に参加。軍事クーデタによる急進的な国家改造を解く『日本改造法案大綱』を著し、皇道派青年将校らに強い影響を与えた。二・二六事件には直接理論的関与していないが、理論的指導者として死刑となった。

明治150年がおめでたいなんて、『何をぬかすか』ですよ

半藤一利

Keywords

明治は「輝かしい」時代だったか
隠された日本海海戦の真相
美化される日露戦争
薩長史観
歴史に見え隠れする「官軍」「賊軍」
大元帥陛下と象徴天皇
昭和初期と平成末期の共通点
etc.

半藤一利（はんどう・かずとし）

1930年、東京生まれ。東京大学卒業後、文藝春秋入社。『週刊文春』『文藝春秋』編集長、専務取締役を経て作家。『漱石先生ぞな、もし』（正・続）で新田次郎賞、『ノモンハンの夏』で山本七平賞、『昭和史 1926-1945』『昭和史　戦後篇 1945-1989』で毎日出版文化賞特別賞を受賞。他に『幕末史』『日露戦争史』（1、2、3）『あの戦争と日本人』『世界史のなかの昭和史』など多数。

『坂の上の雲』の歴史観

保阪　今年（二〇一八年）は、明治維新から一五〇年にあたる年ということで、メディアでもさまざまに取り上げられ、全国各地でイベントが開かれましたね。

あらためて概観いたしますと、やはり今の日本人にとって明治は「輝かしい時代」というイメージが定着しているようで、だからこそこういった節目に、果たして明治が本当に「輝かし」かったのかを問う書籍などがいくつも出たりしています。

例えば安倍晋三首相の年頭所感（平成三〇年元旦）でも、今年が明治一五〇年であることを強調していて、西欧による植民地支配の波という「国難」を克服しようと先人たちが近代化に邁進し、「独立を守り抜きました」と明治維新を褒め称えるわけです。その上で、一五〇年前の先人と同じように未来を変えるべく、私たちも行動を起こさなくてはいけないとおっしゃる。

まあ、安倍さんの場合は、日本人の間に定着しているプラスイメージの「明治」に巧妙に便乗して、ご自身の政策を肯定しているような気もいたしますが。

半藤　私にいわせてもらえば、明治一五〇年がおめでたいなんて「何をぬかすか」ですけど（笑）。

保阪　さて、今回は半藤一利さんと「明治一五〇年」というくくりで日本の近現代史を俯瞰したときに、どんなことが見えてくるのかをお話ししてみたいと思いますが、まずは話のとっかかりといたしまして、この明治イコール「輝かしい時代」というイメージはどこから定着したのかということから、考えてみたいと思います。

そもそも、明治何年というのを盛大に祝ったのは佐藤栄作内閣のときの一九六八年、つまり「明治一〇〇年」でしたね。このときの記念式典は昭和天皇・香淳皇后も出席する大々的なものでしたが、世間ではベトナム戦争への反戦運動が渦巻いていた年で、式典の二日前には国際反戦デーでデモが暴徒化した「新宿騒乱事件」がありました。

実はこの年の四月から、司馬遼太郎さんの代表作ともいえる小説が、産経新聞で連載されます。そう、『坂の上の雲』ですね。その後、なんと発行部数が累計で一八〇〇万部といわれますから、まさに国民的小説といっても過言ではありません。

時代背景的にも、連合国による占領期を終えてまだ二〇年もたっておらず、高度経済成長の真っ只中とはいえ、敗戦の挫折感やアメリカへのコンプレックスが大きかった時代です。

そのなかで登場した『坂の上の雲』は、戦前の日本を全否定することが当たり前だった日本人に、明治にはこのような、文字通り「坂の上の雲」を目指した「輝かしき」時代があったのだと受け入れられたのでしょう。

ちなみに僕は、司馬さんの史観に全面的には納得していません。もちろん司馬さんという人が小説家としては優れた書き手であったのは事実だと思うのですが、彼の作品である『坂の上の雲』などが結果的に明治時代の本質の一部を書いているのでは、ということなんです。

一九六〇年以降のいわば「司馬遼太郎ブーム」というのはある意味でメディアがつくったブームで、「暗い昭和」に対して「明るい明治」を対置させ、明治には昭和にない日本人の良質な精神があったかのようなイメージをつくりあげた。僕は、それは違うと思うのですが。

半藤　司馬さんの『坂の上の雲』は日本中に愛読者がいるから、これをとやかく言うのはなかなか骨が折れる話なんですよ。

隠された「戦史」

保阪　『坂の上の雲』は、近代国家として歩み始めた極東の島国がさまざまな苦難を乗り越えながら、西洋列強の一角であるロシア帝国を日露戦争で破るまでの道のりを、陸軍で「騎兵の父」といわれた秋山好古、海軍で連合艦隊の参謀になる**秋山真之**[1]の兄弟と、真之の親友だった正岡子規の三人を主人公に描いたものです。

この小説について司馬さんは、フィクションを禁じて書いたと断りを述べておられますね。そうすると、読み手はこの本に書かれていることを史実だと思ってしまいます。

でも、実は史実とかなり違っていて、日本海海戦の東郷平八郎[2]連合艦隊司令長官や秋山真之参謀が同書ではバルチック艦隊を打ち破った「英雄」として描かれていますが、史実とは異なる点もありますね。

半藤　保阪さんのご指摘はその通りなんですが、ここは誤解がないようにしておかないと。そもそも軍事組織というのは戦った戦争について、次代への戦訓として戦史をまとめるのが習わしです。日露戦争が終わった一九〇五年にも、おおがかりな戦史を陸軍と海軍双方がまとめることになったんですね。

保阪　海軍だと、軍令部が編んだ『極秘　明治三十七八年日露海戦史』（以下、『極秘』海戦史）という全部で一五〇巻に及ぶ大著と、全四巻の『明治三十七八年日露海戦史』（以下、日露海戦史）の二つがありました。

半藤　一般的には全四巻の日露海戦史だけがいわゆる「公刊戦史」として知られていたわけです。一

1　**秋山真之**（あきやま・さねゆき　一八六八〜一九一八）　軍人（海軍中将）。航海士として日清戦争に従軍後、米英に駐在して海軍戦略・戦術を学び、帰国後に海軍大学校教官として普及に努めた。日露戦争では連合艦隊作戦参謀として活躍。後に海軍省軍務局長。

2　**東郷平八郎**（とうごう・へいはちろう　一八四七〜一九三四）　軍人（元帥海軍大将）。鹿児島藩士出身。戊辰戦争の海戦に参加後、英に留学。日清戦争では浪速艦長として英商船高陞号を国際公法に基づき撃沈、名を知られた。一九〇三年に連合艦隊司令長官。日露戦争では全海軍作戦を指揮、黄海作戦、日本海海戦で勝利し、世界的な提督として有名に。

五〇巻の『極秘』海戦史のほうは公刊されず、明治天皇に軍令部が献上したもの以外では、軍令部と海軍大学校だけにしか置かれていなかったものでした。

太平洋戦争の終戦時に軍令部と海軍大学校にあった『極秘』海戦史は焼却されてしまったといわれており、いわば幻の史料となっていました。でも明治天皇に献上された分だけが宮中に残されていて、昭和天皇がお亡くなりになる少し前に宮内庁から防衛庁に史料が移管されることになり、ようやく一般国民が読むことができるようになったのです。

保阪 公刊されていた日露海戦史と『極秘』海戦史とでは内容が異なると。

半藤 そうなんです。正しい戦史としてまとめられたのが『極秘』海戦史だったわけですが、それとは別に一般の日本人に受ける戦史というのですか、わかりやすく、しかも日本軍が非常に勇敢であった、というかたちに脚色されたものが公刊された日露海戦史なんですね。

ですから司馬さんが『坂の上の雲』を執筆したときには、『極秘』海戦史のほうは参照できなくて、「物語」調の公刊戦史しかなかったのですよ。ただ、『極秘』海戦史については部分的に関係者に配られた経緯があって、その存在は旧軍関係者への取材などを通じて司馬さんもご存じのはずなのです。

東郷平八郎は泰然自若だったか

保阪　たとえば有名な話で、ロシアのバルチック艦隊が対馬海峡から来るか、津軽海峡から来るかをめぐる場面というのがありますね。

ベトナム（当時は仏領インドシナ）のヴァン・フォン湾に集結していたバルチック艦隊が出撃したとの報が大本営海軍部に届いたのが一九〇五年の五月一六日、まさに日本海海戦の始まる一一日前のことでした。海軍は艦艇を動員して大がかりな索敵を行いますが、その後のバルチック艦隊の姿がつかめません。

彼らの目的地がウラジオストックだとすると、普通に考えれば真っ直ぐ北上して対馬海峡を通るはずですから、連合艦隊も駆けつけやすい朝鮮半島南部の鎮海湾で待機していました。

ところが来航を予想していた二三日になってもまだ姿を現さない。ひょっとするとバルチック艦隊は太平洋を迂回して津軽海峡か宗谷海峡に向かったのではないかと、連合艦隊司令部では喧々諤々の大激論となりました。この間さまざまな目撃情報がもたらされますが、日本側を騙すための偽装情報なのかもしれず、疑心暗鬼だけが膨らんでいきますね。

そんな緊迫した状況下、連合艦隊トップである東郷司令長官はどうしたのか。司馬さんは『坂の上の雲』で、東郷司令長官は泰然自若、「ここ（対馬）に来るでごわす」と微動だにしなかった、と書いていますね。

半藤　当時はそれが定説だったのですよ。その逸話の出処がまさに「公刊戦史」で、その後出版された数多の戦記や小説でもみんなそういう話になっているのです。
東郷長官には霊感、第六感があったなどという部下の証言まで出てきたりして、日本を世界の五大国たらしめた不世出の大提督という、いわば東郷さんの「神格化」です。

保阪　でも、実際はそうでなかった。

半藤　はい。先ほど話に出た『極秘』海戦史によりますれば、東郷長官や秋山参謀も含めた連合艦隊司令部は二四日の時点で、この期に及んでも対馬海峡にバルチック艦隊が現れないのは、太平洋方面に迂回したからに違いないと結論を下していたんですね。つまり、敵艦隊は対馬ルートをやめて、日本列島を太平洋側にまわって津軽海峡を目指したのだろうと。
それでこの日の午後には東京の軍令部に対して、連合艦隊を北方に移動するとの電報を送っているのです。

保阪　「泰然自若」などという状況ではまったくなかったわけですね。

半藤　日本の近代国家としての「建国神話」の主人公がそれじゃ、格好がつかないということで国民向けに改変されたのでしょう。
『坂の上の雲』で、その主人公でもある秋山参謀は常に冷静沈着な切れ者として描かれていますが、実際はバルチック艦隊の動静にオタオタして半ばノイローゼになっていたというのが本当のところなのです。

その後、連合艦隊の各戦隊司令部には翌二五日午後三時まで開封してはならぬという、いわゆる「密封命令」が配られます。この話は何度もしているので詳しくは言いませんが、要するにその時点で連合艦隊を津軽海峡へ移動させるという命令です。東郷司令部の決断には東京の軍令部も驚いて、何とか東郷に翻意を促せないかというスッタモンダもありました。

第二艦隊の藤井較一参謀長や同艦隊第二戦隊の島村速雄司令官らが移動は時期尚早だと強く進言したこともありまして、最後に裁決を求められた東郷司令長官は「ここでもう一日待つことにする」と決めた。

この「提督の決断」は、俗説で語られてきた東郷の「第六感」でも、対馬に来るという「不動の意思」などというものでもないのです。あらゆる情報を総合的に勘案した末の合理的な判断というべきものでしょう。

「東郷ターン」の虚実

保阪　まさに薄氷の「決断」といえますね。でも一日待ったおかげで、翌二六日早朝にバルチック艦隊が上海に入港したという電報が飛び込んできて、対馬ルート来航が確実になったわけですから。

話は翌日の日本海海戦当日に飛びますが、この日の一時半過ぎに、南西に針路をとった連合艦隊に対し、南から北東に向かうバルチック艦隊が対峙します。

ここで双方がすれ違いながら砲撃しあう反航戦か、互いに同じ方向に進みながら撃ち合う併航戦かの選択を迫られた東郷が、後者を選択した有名な「敵前大回頭」、いわゆる「東郷ターン」があります。司馬さんはこのシーンを「安保砲術長の記憶」と断りながら、東郷の右手が高く上がり、左へ向かって半円をえがくようにして一転した、と『坂の上の雲』で描写していますね。

半藤 擁護するわけじゃないけど、そう書いているのは司馬さんだけじゃないのですよ。吉村昭さんの『海の史劇』(一九七二年)でも、このとき東郷が突然右手を上げて、それを左に振り下ろしたと書かれています。

著名なお二人がそう書いたことで、それが定説になってしまったということかもしれませんね。NHKが放送したテレビ版の『坂の上の雲』でも、東郷がそういう仕草をしていましたけど。

でもね、私もこの東郷の右手の話が本当なのかずいぶん調べてみたのですが、『公刊戦史』にも『極秘』海戦史にも、そんなことは書いてない。昭和初期までのさまざまな日露戦争本では、東郷長官と加藤参謀長が眼と眼で合図したという話しか出てこないのですよ。

それが昭和一〇年に刊行された日本海海戦の回顧本で、小笠原長生という元海軍中将が突然、東郷が右手を振り下ろしたという話をしはじめるのです。この小笠原という人は史実をかなり誇張して書くクセのあることで有名で、昭和九年に東郷が亡くなったこともあり、その後の東郷さんの神格化に、ある意味で先鞭をつけたようなかたちです。

だから東郷の右手の話もそれ以後定説化してしまった。私はかなり眉唾だと考えていますよ。

保阪 僕も、もちろん司馬さん一人のせいにするわけではありませんが、日露戦争史しかり明治史しかり、その本当の部分が隠蔽されてきたところがかなりあるんじゃないかと思っています。そのツケが結果として後の昭和史、特に太平洋戦争に出たのではないでしょうか。

勝てたとはいえない戦争

半藤 海軍ひとつとっても、先ほどの『極秘』海戦史をきちんと読めば、日露戦争が調子よく勝てたなどという戦争ではまるでなかったことがわかりますよ。

陸軍だって似たようなもので、正式な戦史は遺したけど、陸軍大学ではそれを教えずに、わが歩兵の突撃精神は世界最強だというような精神論が幅を利かせるわけです。陸軍の戦史は若干残っていて、福島の図書館に何冊か残っているそうですが。

明治の日露戦争というのは、国民が臥薪嘗胆、みんなで必死に税金を払って苦しい思いを乗り越え、やっと大国ロシアに勝てたという物語が広く受け入れられているようですが、あの戦争の実態は、ついに戦力も払底してこれ以上戦えないという状況下で、米ルーズベルト大統領の仲介による停戦でギリギリ助かった、というべきものです。

保阪　でも、いざ講和となったらあてにしていた賠償金はなし、領土についても丸ごと手に入るはずだった樺太が南半分だけという結果に国民が激昂しましたね。

二〇億円も使って一〇万の兵士が死傷したのにふざけるなと、講和条約破棄を求めた群衆が暴徒化した事件（**日比谷焼討事件**[3]）も起こりました。そうした国民感情をなだめるためにも国が、日本は世界に冠たるすごい国なのだとナショナリズムを煽った側面も大いにあったのではないでしょうか。

半藤　そうそう。そうやって大勝利、大勝利と軍部も新聞も大騒ぎした結果、国民をますます有頂天にさせてしまい、日露戦争の実態を隠してしまうことになったのですよ。

ついでにいうなら、戦後の明治四〇年に政府は陸海軍人と官僚にものすごい論功行賞をやりました。勲章を乱発しただけではなく、陸軍で六二名、海軍で三八名、さらに官僚で三〇名以上を華族（勲功華族）に加えています。

例えば東郷は、その前の日清戦争の勲功で公、候、伯、子、男という爵位の一番下の男爵を与えられていましたが、日露戦争後は「二階級特進」して伯爵になりました。旅順攻囲戦と奉天会戦を第三軍司令官として指揮した陸軍の**乃木希典**[4]も、同じく男爵から伯爵になりますね。

乃木だけでなく、その参謀長だった伊地知幸介（中将）だって男爵になっているんですよ。ただ、第三軍司令部が指揮した旅順攻囲戦では肉弾突撃を繰り返して戦死者一万五〇〇〇名、負傷者四万名という凄まじい損害を出しまして、陸軍内でもその責任を問う声が噴出しました。司馬さんも乃木「愚将」論者で、『坂の上の雲』でコテンパンに書いています。

ところが国内や海外の新聞がこれでもかと乃木を名将と称えるし、しかも乃木の二人の息子がこの戦争で戦死したことがお涙頂戴調の「悲話」として語られるようになると、乃木もますます神格化されていくのです。結局、乃木の司令官解任は立ち消えになり、伊地知参謀長以下の数名が更迭されたにとどまるわけです。

保阪　その後の太平洋戦争でも陸軍はインパールしかりガダルカナルしかり、無謀な作戦で多数の兵士を死に追いやっておいて上は何のお咎めもなし、という有様でしたが、そのような組織のあり方というのは、すでに日露戦争で現れていたということかもしれませんね。

3　**日比谷焼討事件**　日露講和条約に反対し、条約破棄、戦争継続を主張する九団体が一九〇五年九月、政府による禁止を押し切って比谷公園（東京）で国民大会を強行。終了後に民衆が暴徒化して警官隊と衝突し、警察署や政府系新聞社を襲った。政府は東京市周辺に戒厳令を敷き、死者一七人、検束者は二〇〇〇人に及んだ。

4　**乃木希典**（のぎ・まれすけ　一八四九〜一九一二）　軍人（陸軍大将）。萩藩士の子。幕府の長州征伐、戊辰戦争の戦闘に参加。一八六九年、伏見御親兵兵営に入営。日清戦争で歩兵第一旅団長、日露戦争では第三軍司令官として旅順攻撃を指揮、二子をはじめ多くの戦死者を出した。その後学習院院長を務め、明治天皇の大喪の日に妻とともに殉死。

「リアリズムなき国家」の原因は明治に

半藤　本当に腹が立つのはね、日露戦争が終わったばかりのころは、日本兵というのはあまり精神力が強くないというのが高級指揮官らの共通認識だったということなんです。

　これは前原透という軍事史家が明らかにしているんだけど、結局その事実を戦史に書くのはその後の軍事教育に弊害をもたらすということになり、とにかく日本兵はすごい精神力で近代兵器に勝ったということにしてしまったのです。

　そういうことをするから、大和魂による白兵突撃が日本軍のお家芸のようになって、**ノモンハン事件**（一九三九年）でもすごい戦死者を出しながら近代化されたソ連軍に肉弾で互角に戦ったとかいうバカな話になっていく。挙げ句の果てには太平洋戦争でも、それを当たり前のように兵士に強いることになったわけです。

　少し前に私は『日露戦争史』という全三巻の本を書いたのですが、読者から抗議が殺到しましてね。「あなたは明治をそんなに貶して楽しいのか」と。別に楽しくて書いたわけではなくて、そう書くのは自分としてもつらいものがあるけれど、それこそが昭和に入り、太平洋戦争に国民を引っ張っていく要素になったのだということを、もっと日本人は歴史から学んだほうがいいと思って書いたのですけど。

私の父は明治人でしたから、日露戦後の日本を世界の一等国だと信じていました。海軍が真珠湾を攻撃してアメリカと戦争になったことを聞いたときに、父はこの戦争は負けるだろう、日本は四等国になってしまうと思ったそうですが。

保阪　イギリスやアメリカのように文民統制（シビリアン・コントロール）が確立した国では、軍人の評価は戦争を起こさないことなんです。ところが日本では明治期に統帥権が独立したかたちになり、それがどんどん拡大解釈されて「政治は一切、軍のやることに口を挟むな」という話になっていきました。

それを背景に、日本の軍部は戦争に勝って相手国から賠償金をぶんどることがある種の至上命題になっていくんですね。

例えば、日露戦争後に日比谷の焼討事件はなぜあったのかというと、国民に対してこの戦争に勝てば賠償金が取れるからと軍事費のための増税を強いたからです。なぜなら、その前の日清戦争では国家予算の約一・五倍の賠償金を取り、その金で明治三〇年代に帝国大学の先生や軍人たちが留学できたりと、さまざまな産業やインフラ整備に役立ったという経験があったわけです。

だから日露戦争でアメリカが講和の仲介に入ったときに、日本は当然ながら賠償金を要求しまし

5　**ノモンハン事件**　満蒙国境のノモンハンで一九三九年五月、ハルハ川を越えたモンゴル軍と満州国軍が衝突。関東軍はモンゴル軍を駆逐したが、反撃に出たソ連軍の機械化部隊に二万人の死傷者を出して敗北した。

た。でもロシアはそれを突っぱねて、じゃあ戦争を継続するぞと言い出したので日本はあわててその要求を引っ込めたという顚末があります。

結局、日露戦争では賠償金が取れなかったんだけど、そのかわりにいくつかの権益を得た。その後の第一次世界大戦でも、日本は火事場泥棒的に参戦してドイツの租借地だった青島や、ドイツ領だったマリアナ諸島などの南洋諸島を占領して権益を確保しています。

昭和一二年から始まった日中戦争では、早期講和のため駐中ドイツ大使だったトラウトマンがあっせんしたトラウトマン工作というのがあります。結局実現しませんでしたが、失敗の大きな理由は日本側が賠償金のつり上げをやったからですね。

さらには太平洋戦争の終局にあたる昭和二〇年八月九日から一四日までに行われた御前会議などの場で、陸軍の梅津参謀総長は、ポツダム宣言を受諾したら賠償金をいくら取られるのかと発言しています。おそらく、彼の頭のなかには第一次世界大戦で敗北したドイツが課せられた巨額の賠償金があったのかもしれません。

いずれにせよ、日本では賠償金を取るのが軍人の仕事であるということになってしまったわけです。だからああいうかたちの戦争になったともいえなくもない。

半藤　とにかく明治とは、政府も軍部も真実を隠して、民草にわれらは世界に冠たるすごい国だというウソを信じ込ませてつくりあげた時代だった、というのが私の偽らざる「明治観」なのです。

でもその結果、昭和に入ってリアリズムを完全に失ったバカげた国家にしてしまった。「明るい明治」「暗い昭和」という対比は間違っていて、その昭和は明治を根っこにして生まれたのです。

明治維新と薩長閥

保阪　話はちょっと変わりますが、僕は鹿児島の南日本新聞に月一回のエッセイを書いておりまして。そこで鹿児島の人と話をしていたら、明治時代の話題になったときに「保阪さん、『薩長政権』という言い方はしないでください。長州とすべてが同じではありません」と言われて驚いたんです。

確かに明治以降、**薩長土肥**[6]出身者が中央で政官軍の要職を握ったことで藩閥政府という状況が続いたのは事実ですね。我々もよく「薩長」とか「薩長史観」という言い方をしますが、薩摩の人にしてみれば、ずっと官軍でやってきた長州とは違うんだ、ウチは**西南戦争**[7]で敗れて賊軍の悲哀をいやと

6　**薩長土肥**　薩摩（鹿児島）、長州（山口）、土佐（高知）、肥前（佐賀）の西南雄藩を指す。幕末期に藩政改革を成し遂げ、軍事力の近代化を推し進めて幕政を左右する発言力を持つに至った大藩。

7　**西南戦争**　一八七七年に起こった鹿児島県士族による最大の士族反乱。七三年の征韓論をめぐる政変で下野した西郷隆盛の下に不平士族が結集し、二月に一万人以上の兵を率いて決起。熊本城の鎮台を包囲するなどしたが、三月の田原坂の戦いで西郷軍が敗北、政府軍は西郷軍がこもった鹿児島の城山を総攻撃し、西郷以下一六〇人が戦死して終結した。

いうほど味わったんだ、ということなんですね。

半藤　でも、長州だって禁門の変で京都を攻めて、一度は賊軍になった経緯があるわけですがね。

保阪　おっしゃる通り。でも、薩摩にはときの明治新政府に対して不満をもつ士族が日本中から集まって、第二革命的な気運が西南戦争の原動力になったという側面があります。一方で、明治政府側についた薩摩出身者はその後、鹿児島に帰ることができなかったそうです。

半藤　薩摩の人が長州とウチは違うから一緒にするななんて、「賊軍」にされた長岡で育った私からすれば、これも「何をぬかすか」ですよ（笑）。

　そもそも明治というのは徳川慶喜が大政奉還を受け入れ、天皇が王政復古の大号令を発したことでスタートするわけですが、一〇年後の西南戦争（明治一〇年）までは、実質的には薩長土肥による権力争い、主導権争いのたぐいといっていいでしょう。

　このなかで肥前（佐賀）だけは倒幕派からも距離をおいていましたし、戊辰戦争でも大した活躍をしていませんけど、明治二年の版籍奉還で薩長土と足並みをそろえたんですね。

　新政府の要職には薩摩から西郷隆盛や大久保利通、長州からは木戸孝允と伊藤博文、**山県有朋**[8]、土佐の後藤象二郎に板垣退助、肥前の大隈重信と副島種臣、江藤新平といった面々がつきました。

　こんなこと言ったら怒られるかもわかりませんけど、彼らがさて幕府を倒していよいよ新しい国家をつくるぞという段階になったときに、きちんとした新しい国家建設のための設計図、青写真というか、イメージが全くない人ばかりだったわけです（笑）。薩摩も長州もそうですが、本当に頭の悪い田舎者が天下を取ってしまった。

だけど、かろうじて肥前にだけいました。大隈重信や副島種臣、このあたりは設計図らしいものを持っていましたね。

保阪　半藤さんが先ほどおっしゃった薩長土肥の主導権争いが転機を迎えるのが、まずは征韓論を主張した西郷や板垣、副島らがいっせいに下野した「明治六年の政変」ですね。これが元で西郷による最大の不平士族による反乱、西南戦争が起こりますし、板垣もこれを契機に自由民権運動に身を投じていきます。

その後、今度はイギリス型の議院内閣制の導入を主張する大隈重信が、伊藤博文や岩倉具視らと激しく対立することになり、大隈が中央から排除されました（明治十四年の政変）。このへんから薩長による藩閥政権となるわけですが、伊藤・山県という長州閥の二人の存在がかなり大きくなっていく。

山県有朋は「日本陸軍の父」ともいわれ、その後の陸軍でも長州閥が幅をきかせるようになりまし

8　**山県有朋**（やまがた・ありとも　一八三八〜一九二二）　政治家・軍人（元帥陸軍大将）。萩藩士として尊王攘夷運動に参加。維新後は陸軍で兵制改革にあたり、陸軍卿、参謀本部長を歴任。一八八九、九八年に長州閥の重鎮として首相を務め、伊藤博文の死後は元老のトップとして君臨した。

た。それが昭和に入り、今度は永田鉄山ら若手将校が長州閥打倒による陸軍改革を唱えた「バーデン・バーデンの密約」などにつながっていくわけです。

華族で見れば一目瞭然

半藤　残念ながら肥前は排除されてしまったから天下は取れなかったけど、これは佐賀の県民性かもしれませんね。内剛外柔、外に対して弱すぎるところがある（笑）。

戊辰戦争で焼け野原にされた長岡の藩士で、「米百俵」の逸話で有名なのは小林虎三郎ですが、その弟で大蔵省の官吏となった小林雄七郎という人物がいます。この人はジャーナリスティックな一面も持っておりまして、明治二二年に『薩長土肥』という書名の、文字通り藩閥政治を批判する大著があります。

彼の薩長土肥評はとても端的で、まず薩摩は「実際的武断」派で、長州は「武人的知謀」派であると。知謀ということはペテンにかけるのがうまい（笑）。そして土佐は「理論的武断」派で、肥前は「文弱的知謀」派だと。

なかなか当たっていると思いますけどね。今の日本ではどちらかというと「実際的武断」派の総理大臣が、明治一五〇年を国民協同一致、一緒になって新しい国づくりをやろうじゃないかと調子のいいこと言っていますけど、実は何にもアイデアがないんですね（笑）。武断派ですからね。それで薩摩に入れ込んでいるようなんでね（笑）。

先ほど保阪さんが、薩摩は長州と違う、一緒にするなという話をされましたけど、データを見れば一目瞭然なんですよ。データというのは、明治期に華族に加えられた人の県別家数です。

明治初期に公家と諸侯合わせて四二七家が華族になりますが、その後の華族令で五爵制と門閥・勲功で爵位を授けることが決まりました。では県別で華族に列せられた家の数を多い順に並べるとこうなるのです。

山口県	七五
鹿児島県	七一
高知県	三一
東京府	二一
福岡県	一七
佐賀県	一五

（以下略）

どうですか、誰がどう見ても薩長が群を抜いて華族の数が多いんですよ。ちなみに今は戦後生まれがほとんどですから華族といわれてもピンとこない人が大半だと思いますが、華族に列せられますと、世襲でいろんな特権を享受できたんですね。華族の子弟は無条件で学習院に入学できるし、財産だって差し押さえられないんですから。

今度は爵位の一番上の位である公爵を授けられた家の数を、多い順にみるとこうなります。

山口県　　三

鹿児島県　二

なんと、公爵はこの五家だけで、他県はゼロ、誰もいない。ちなみに公爵の次の侯爵でも、鹿児島が四家、山口が二家で、高知・佐賀・宮崎が各一家、他はゼロという具合なんですよ。

じゃあ賊軍となったところはどうかというと、わが長岡の新潟県では一番下の男爵を授けられたのが一家だけ。会津藩の福島県だって男爵が五家のみですよ。男爵だけでも、山口県は四八家、鹿児島が三五家と薩長が他を圧倒するツートップなんですから。

保阪　軍で見ても、日清戦争終結後の明治三〇年の陸軍大将は全員が薩長出身者で占められていましたね。海軍では薩摩と肥前が強くて、賊軍藩出身者たちは軍のなかで肩身が狭かった。自分より若い薩長出身者がどんどん追い抜いて出世していく悲哀を味わったわけです。

「官軍・賊軍史観」から見る太平洋戦争

半藤　そもそもの話に戻りますが、幕末の動乱のひとつの機軸になったのが西欧列強による外圧を受けて登場した「攘夷」というスローガンですね。この「攘夷」を藩論とした長州が異国人嫌いの朝廷を抱き込んで、「開国」派の幕府を弱腰だと攻め立てた。

ところが四国艦隊の下関砲撃事件や薩英戦争で欧米列強の軍事力を思い知った薩長は、こりゃとてもケンカできる相手じゃない、いずれ攘夷はやるけど、その前に日本を西洋型の国家システムにして国力、そして軍事力を蓄えるしかない、と悟ります。

それでまだ「攘夷」で盛り上がるナショナリズムのエネルギーをうまく利用しながら、「尊王攘夷」から「尊王倒幕」へと舵を切って、**薩長同盟**[9]を結ぶわけです。

保阪　確かに薩長が実際に西洋の軍艦と砲火を交えたことは大きかったと思います。言い換えれば、薩長はその経験で「西洋」という未知の文明への免疫ができたということでしょう。逆に言うなら、その経験のない東北などの諸藩にとってはその免疫がないから、幕府を倒して革命を起こそうという発想に至りません。

半藤　そうなんです。薩長が攘夷を引っ込めた時点ですでに幕府との政策的な違いはほとんどなく

9　**薩長同盟**　一八六六年、坂本竜馬らの斡旋により、薩摩の小松帯刀・西郷隆盛、長州の木戸孝允が相互援助を約束し、以後倒幕の主力となった。薩長連合とも。

なったわけで、例えば**公武合体**[10]でいくとか、平和的な国づくりという方法もあったと思います。

ところが、薩長はあくまで力ずくで、中央の権力を握ろうとしたんですね。その結果、起こったのが戊辰戦争で、その実態は越後・東北諸藩に対する薩長の侵略戦争ですよ。薩長は、やる必要のない戦争をわざわざやって、「勝ち組（官軍）」と「負け組（賊軍）」という構図をはっきりさせたかったんでしょう。

彼らがその後、「勝ち組」としての立場を巧妙に正当化していくわけですけど、私などは戦前の学校で「薩長土肥の勤皇の志士が天皇を推戴して守旧派の幕府を倒して新しい国をつくった」とみっちり教え込まれましたから。要するに、薩長は開明派で正義の改革者、幕府は頑迷固陋《ころう》な守旧派という図式なんです。

これこそ、私が批判してきた「薩長史観」、つまりは「官軍・賊軍史観」なんですね。

保阪　半藤さんのおっしゃる「薩長史観」を踏まえていうと、日本が明治に西洋式の帝国主義的な中央集権国家というものを選択して、対外的な権益を求めて外に出ていく。その是非は別にして、当時の状況としてはそれを選択せざるをえなかったと僕は思うけれども、その過程で日清・日露の戦争に勝った、薩長が主導した国づくりで東洋の小国が世界の五大国の一角にまでなったということが、いわば彼らの成功体験になってしまう。
もちろん昭和に入ると薩長閥の力は弱まっていくわけですが、官軍的な体質は残ったまま、過去の成功体験をより都合よく神話化していった感があります。冒頭での、日露戦争のきちんとした戦史が継承されなかったという話にも通じるところですね。

半藤　太平洋戦争開戦前の海軍中央部にいたのは全部親独・反米派です。親米派とかそういうのは全部外におん出されている。しかも親独派の上に、ほとんどが薩長閥です。本当なんですよ。陸軍も親独派であり、これも中央を占めていたのはやはり薩長なんです。

だからあのバカな戦争を起こしたのは実質的に薩長です。東條英機は賊軍出身だけど、東條の場合は抜きんでた忠臣ぶりが評価されて抜擢された能吏ですから。

で、戦争をなんとかやめさせたのは賊軍の人たち。**鈴木貫太郎**[11]は関宿藩、それから**米内光政**[12]も盛岡藩で、これらは賊軍です。その下についた井上成美も仙台藩で賊軍。その仲間で早期講和を目指した山本五十六も長岡藩でこれも賊軍。

10　**公武合体**　公（朝廷）と武（幕府）の協力により体制を安定化しようとした政治運動。老中の安藤信正や雄藩からも唱えられたが、挫折して倒幕派が主導権を握った。

11　**鈴木貫太郎**（すずき・かんたろう　一八六七〜一九四八）　政治家・軍人（海軍大将）。日清・日露に従軍後、海軍次官、軍令部長を経て侍従長・枢密院顧問となり、昭和天皇の信任を得た。太平洋戦争末期の四月に首相となり、戦争終結に尽力した。

12　**米内光政**（よない・みつまさ　一八八〇〜一九四八）　政治家・軍人（海軍大将）。連合艦隊司令長官を経て林内閣の海相。続く近衛（第一次）・平沼内閣でも留任し、次官の山本五十六、軍務局長の井上成美と日独防共協定強化交渉に反対。大戦中の小磯・鈴木内閣で再び海相に就任し、戦争終結に尽力。

要するに賊軍出身の人たちは、戦争で負けた後の悲惨さというものを肌身で知っていたから、命をかけてでもやめさせようとした。だから太平洋戦争は官軍が始めて、賊軍が止めた。これは明治一五〇年の裏側にある、ひとつの事実なんですよ。いささか強弁かもしれませんがね。

官軍的「成功体験」が導いた未曾有の敗戦

保阪　あの戦争で今でも不思議なのは、次第に敗色が濃くなっていくなかで政治・軍事指導者たちがこの戦争をどう収めるか、まったく展望を持たないままズルズルと続けて被害を拡大させたことです。これは何度も話していることですが、対米英戦をどう終わらせるかという議題が当時の最高意思決定機関だった大本営政府連絡会議にはかられたのは、資料として残っているのは一度きり、昭和一六年一一月の「対英米蘭蔣戦争終末促進に関する腹案」だけです。そこには方針としてこう書かれています。

「速やかに極東に於ける英米蘭の根拠をふく滅して自存自衛を確立すると共に更に積極的措置に依り蔣政権の屈服を促進し独伊と提携して先ず英の屈服を図り米の継戦意思を喪失せしむるに勉む」

いかにも「前向きに検討する」みたいな、官僚的な文章ですが。

半藤　まずは日中戦争で蒋介石を降参させると。それからドイツがイギリスを倒してくれれば、つまりヨーロッパ戦線でイギリスが負ければ、アメリカも講和を求めてくるだろうということですね。

保阪　先ほど日本人は主体的願望を客観的事実にすり替えるクセがあるといいましたが、この文章ほどそれを象徴するものはないといってもおかしくありません。これを書いたのは陸軍省軍務課の石井秋穂という人で、当時三九歳の中堅エリートです。海軍省軍務局の藤井茂と、ちなみに二人とも長州出身ですが、東條から戦争終結についてお前たちで案を考えろといわれてね。

石井さんいわく、まず蒋介石をギブアップさせなきゃいかんよな、それは我々がやらなきゃいけない。でもそのためには蒋介石を支えている米英の援助をやめさせなきゃならない。そうなるにはヒトラーのドイツに徹底的に英国を叩いてもらうしかない。もしドイツが英国を倒せれば、アメリカもさすがに戦争継続意思を失うんじゃないか……と二人で願望を込めて書いたんだと。

半藤　ソ連がドイツに降参して、さらにドイツがイギリスまで倒せば、ドイツが欧州に新秩序をつくる。そうなると米国は出たくても出られない状態になって引っ込むしかない。こういう理想的状況が間もなく誕生すると、ドイツの勝利を当てにしたわけです。

日本は南方地域を全部とって**東亜新秩序**[13]、大東亜共栄圏をつくる。世界は欧州、アフリカのドイツ新秩序、ソ連は共産主義的新秩序、それからアメリカの四頭体制になるんじゃないか。今がそのチャンスだと、日本は夢を見たんですよ。

昭和一五年から一六年にかけての日本の政治を見ていると、本当に何を考えているのかといいたくなるほど勝手な夢を見て、戦争に突き進んでいったんですね。すべてがすべて、ドイツの勝利を前提にしているわけで、要は他人のフンドシで相撲をとったんですな。

ところが真珠湾を奇襲して日本中がバンザイ、バンザイと浮かれていたころには、ドイツがソ連を打倒するどころか、すでに後退を始めていたわけです。ヒトラーはとうの昔にイギリス上陸をあきらめていて、すでにドイツの勝利なんて消し飛んでいたんです。

リアリズムに立てば、そういう事実はわかるわけ。日本の海軍は陸軍に比べて開明的だったなんていう人もいるけど、リアリズムを忘れて独のイギリス本土上陸作戦がうまくいくなんて、本気で思ったんでしょうかね。まったく不思議でしょうがない。

保阪 僕が悲しくなるのは、米英との戦争を選択した日本の政治・軍事指導者たちの頭のなかに、この戦争に「負けた」ときの想定がまったくなかったということなんです。負ける場合の想定があれば、もっと早い段階での講和だって選択肢に浮上してくるはずなんですが。

先ほど半藤さんが「太平洋戦争は官軍が始めて、賊軍が止めた」とおっしゃられましたけど、なるほどなあと。「官軍」には日清・日露の「勝った」経験しかない。しかも、日露戦争は実態がとても勝ったとはいえないものだったのに、いつのまにかそれが神話化されて、「日露戦争だって国力で圧倒的な相手を倒せたんだから」とか「日露戦争だって装備の貧弱さを肉弾と精神力で補ったんだから」というムチャクチャな発想、いや妄想になってしまいました。

つまり、官軍は「負け」ちゃいけないんですね。「負ける」と言ったとたんに明治以来の正当性を失ってしまう怖さのようなものがあって、原子爆弾を二つも落とされても、まだ本土決戦があるという狂気としか思えない発想にたどり着いた……。そんな気すらしてきますね。

いずれにせよ、この国のエリート指導者層がいかに無責任で国民の命を軽んじたか、彼らのやったことは日本の長い歴史のなかで築いてきた我々の文化に対する侮辱だと僕は思います。

それについてお前たちの責任は歴史が続く限り存在するんだということを、東京裁判なんてものじゃなくて、我々の国が言わなきゃいけない。次の世代のために、と思いますね。

13　**東亜新秩序**　日本が日中戦争遂行の外交的スローガンとした建設目標で、一九三八年に日・満・中三国が提携して英米仏による旧秩序を否定し、東アジアに新秩序を築くとした近衛首相の声明を端緒とする。後に大東亜共栄圏構想として発展した。

大日本帝国＝軍事優先国家はどう誕生した？

保阪　また話題を変えますが、明治一五〇年というスパンでものを語るときに避けて通れないのは天皇の存在ですよね。

その話の前に、明治、大正、昭和、平成と続いてきた日本の現代史を何かで区切ろうとすると、どういう区分がいいのかなと考えることがよくあるんですね。

大きな区切りということでいえば、とても簡単なのは明治維新から昭和二〇年までの「軍事」の七〇年、昭和二〇年から現在までの「非軍事」の八〇年という区切り方があります。軍事主導体制だった日本はアメリカとの戦争に敗れて民主主義、憲法第九条に象徴される「戦争放棄」を明記する国家として生まれ変わり、すでに「非軍事」時代のほうが時間としては長くなっているわけですね。

僕がもうひとつ提唱しているのは、いわゆるドラマツルギーを利用して、起承転結で考える区切り方です。

これはまず、明治維新から日露戦争までを「起」とします。次の「承」は「承る」だから、「起」の路線がさらに続いて、一方で問題点がだんだん出てくる。それに当たるのは日露戦争から満州事変までの期間だろうと思います。つまり中国との権益問題が最後に満州事変にまでいくわけですね。

「転」はクライマックスですが、日中戦争の勃発から一九七二年の田中角栄内閣における日中共同宣言までかと。その間に当然太平洋戦争が含まれます。そして「結」は日中共同宣言から今に至る期間、という分け方です。

太平洋戦争に至る近代日本の過ちの根本を考えると、それは日本の対中国政策にある、というのが僕の考え方です。それを軸にすると、こういう区分が成り立つんじゃないかと思いますが、半藤さんはどうお考えですか。

半藤 端的にいいますとね、この国の明治・大正・昭和の戦前までの憲法、明治憲法（大日本帝国憲法）ができたのは明治二二年です。それができる前に、この国は何を選択したか、ということを考えるわけです。

先ほども話したように、西南戦争まではいわば権力争いの段階です。そして西南戦争が終わって、さあこれから日本をどういう国家にするかという国づくりを始めたときに、すでに山県有朋という人、その周りを取り囲んでいる知恵者どもが、「軍事優先国家」としての体制のほうを先につくっちゃったんです。

保阪 山県は西南戦争で新政府軍の参謀長という立場でしたが、このときのシステムでは、軍の運用については些細なことでもいちいち政府・文官に許可を得なければならなかった。

これでは迅速な運用に支障をきたすということになり、山県は桂太郎らと新たな仕組みを考えました。それが、天皇に直属し、陸軍卿（のちの陸軍大臣）に優越する地位をもつ完全独立の軍令機関たる「参謀本部」の設置（明治一一年）です。

ここで、のちに軍が振り回すようになる統帥権が確立されたんですね。

半藤　これは非常に誤解しやすい点なんですが、明治憲法の中に天皇と軍事の関係について触れている条項は二つしかありません。ひとつが「天皇ハ陸海軍ヲ統帥ス」、そしてふたつめが「天皇ハ陸海軍ノ編成及常備兵額ヲ定ム」。おおざっぱに言うとね。

なぜそうなったかというと、その憲法ができる前に、日本という国は事実上「軍事国家」としてすでに歩きだしていたんですよ。もしですよ、歴史に「もし」はないのですが、大久保利通が紀尾井坂で殺されていなかったら、こうはならなかったと思います。

西南戦争で西郷さんが死んで、その最中に木戸孝允が死んで、その翌年に大久保利通が死ぬ。明治の国家づくりをリードしてきた彼ら維新三傑が死んだ後、残ったのは山県有朋と伊藤博文という、彼らよりずっと下の長州藩最下級武士の二人だけでした。この二人が、昭和二〇年まで続く大日本帝国の仕組みを完成させたんですね。

根っからの「軍人」だった昭和天皇

保阪　明治憲法は伊藤、軍人勅諭や教育勅語は山県が主導するかたちで、天皇を中心とする政治・軍事システムを定着させたわけです。

たとえば武士階級からすると、国民皆兵になったからって農民連中に戦争なんてできるわけない、という意識もあった。さまざまな意見が混交するなか、明治一〇年代に高まりつつあった自由民権運動の影響を受けて起こったのが、竹橋兵営の近衛砲兵隊の一部による反乱事件（**竹橋事件**[14]）でした。この動きに脅かされた山県有朋は、軍律を強化すべく天皇の絶対神聖、軍人は政治に関わるなという軍人訓戒を発しました。これが後に「軍人勅諭」となり、軍を完全に天皇の下に置くわけですね。

こうしたプロセスを見ると、江戸時代から培われてきた日本人の根っこにある国家像的なもの、つまり従来の共同体意識を延長した「国家のあり方」が、明治新政府との間で齟齬をきたすようになっていったことがわかります。

半藤　明治憲法下の天皇の位置付けというのは、「天皇陛下」と「大元帥陛下」という二つの人格が、一人の天皇のなかにあったと考えると、とてもわかりやすいのですよ。「天皇陛下」は内政と外交、そして「大元帥陛下」は軍のトップとして軍事を司るわけです。

明治四三年に皇室身位令というのができて、皇太子や皇太孫だけでなく親王や王といった皇族男子

14　**竹橋事件**　一八七八年、西南戦争の恩賞の不公平などを理由に、皇居に近い竹橋兵営の近衛砲兵二六〇余名が起こした反乱事件。すぐに鎮圧され五〇人以上が死刑となるが、自由民権運動の影響から、軍律強化のきっかけとなった。

も全員軍人になって天皇を助けるという決まりができます。昭和天皇は御年一一歳で陸軍と海軍の少尉になり、軍人教育を受けるんですね。それから一五歳で皇太子となりますが、このときはすでに陸海軍の大尉になっています。

意外と忘れられがちですけど、昭和天皇という方は子ども時代からバリバリの軍人教育を受けられた、根っからの軍人なんですよ。それが四五歳のときに戦争に負けて、憲法がかわって、ハイ、今日からあなたは国民の象徴としての天皇なんですよ、ということになったわけです。

これはなかなか酷な話で、人生でいちばん脂ののった時期に、今までやってきたこととまったく違う仕事をしろといわれるようなものでしょう。だから私が思うに、戦後の昭和天皇は象徴天皇がどういうものなのか、どうあるべきかということをあまり理解されていなかったのではないかと思いますよ。

保阪　確かにそうかもしれません。戦争で国民や諸外国に多大な迷惑をかけたという贖罪意識は生涯持ち続けられたのだろうとは推測しますが。

天皇・美智子皇后がつらぬいたもの

半藤　ですからその跡を継いだ今上天皇（当時）は、象徴天皇は何かということを、自分の父親から教わったわけでも何でもないわけです。あの方は私の三つ下ですが、ご自身には戦争体験がないにもかかわらず、あの戦争で国民がいかに悲惨な目に遭ったかということを本当によくご存じなんですよ。

昭和天皇がご病気で崩御され、皇太子明仁親王が天皇に即位されたとき、新憲法の下での象徴天皇とは何かということを、おそらくいちばん真剣に考えられたのだと思います。

保阪 平成の三〇年間を振り返ると、印象的だったのはさまざまな災害で苦しんでいる被災者の方々を美智子皇后と避難所に見舞い、膝を折って励ましの言葉をかけ続けられましたね。これは常に「国民に寄り添う」という、天皇の強い意思によるものだったと思います。

また、太平洋戦争の戦没者に対する慰霊もそうです。国内だけでなく、あの戦争で多大な犠牲者が出たサイパンやペリリュー島（パラオ）、フィリピンへも足を運びました。

天皇は以前、日本人が忘れてはならない日として「沖縄戦」が終結した六月二三日、「広島」と「長崎」に原爆が投下された八月六日と九日、そして「終戦」の日である八月一五日の「四つの日」をあげ、その日は慎んで戦没者の冥福を祈ると話されました。父親である昭和天皇が果たせなかった「慰霊の旅」を、自身がかわりに果たすのだという強いお気持ちがあってのことでしょう。

その意味で、今の天皇は二つの側面を持っているといえます。公的行為としての追悼と慰霊、これは「昭和」の清算ですね。もう一つは象徴天皇というもののあり方を、何のサンプルもないところからつくりだしてきた道筋、またつくったという自負というのかな。これが、今の天皇の二つの姿だと思うんです。

半藤　美智子皇后と一緒に三〇年もの間本気で考えて、これが日本国民とその統合の象徴としての天皇という関係にとって一番いいというかたちを、お二人でつくられましたよね。

父親が担わされた、軍事国家としての大元帥ならびに天皇陛下というかたちが、どうにでも使われてしまうから危険である、ということはかなり歴史を勉強されて十分おわかりだと思います。

従いまして、ご自身で一生懸命考えに考え、実行してこられた象徴天皇のあり方を何とかしてこのまま次の時代に残したい。もちろん皇太子もご自分でお考えにはなるでしょうけど、次の時代もそのかたちを発展させていくことが、皇統を守るためにもいちばんいいだろうというのが、この度のご退位なんだと思いますよ。

保阪　そもそも天皇という存在はどの時代においても、「皇統を守る」ということが最優先なんです。かつて昭和天皇が臣下の者たちからもはや対米英開戦しかないという進言を受け入れたのも、そうしなければ皇統を守れないという危機感があったと思うのです。

昭和一六年一二月八日の開戦の前の、四月から一一月までの日米交渉の記録を丹念に読んでみると、よくわかります。その間に天皇臨席の御前会議や大本営政府連絡会議、閣議に**重臣会議**[15]と、さまざまな意思決定のための会議が開かれます。またいろんな人が天皇に奏上します。

そこから浮かび上がるのは、軍がいかに天皇を開戦への道に追い込んでいったのかということなんです。要するに、今戦争をやらなきゃダメだ、そうしないとこの国はつぶれる、明治以来がんばって世界の五大国になったのに、戦争をしなかったらまた三等国に逆戻りだとか、天皇を暗に脅迫していくのです。天皇は何度も「本当に戦争しかないのか」と、臣下の者に問うてもいます。それで最後は、皇統を守るための最後の手段として、戦争を選択したのです。

ところが、天皇は戦争を選んだことを、三年八カ月の太平洋戦争の間に強く後悔することになります。最後のほうではノイローゼのような状態にまでなっていました。参謀総長らの戦果報告にウソがあるとも見抜いて、密かに海外のラジオを聴いたりもしていましたね。

公開された『昭和天皇実録』からもわかりますが、昭和天皇の当時の心境とは、戦争がいいとか悪いとか、好戦主義者か平和主義者かとか、そういう次元ではまったくないんですね。皇統が守れると思ってやむをえず戦争を選択したのに、ズルズルと長引いて講和の目処すらなく、国民の犠牲は増えるばかり……。

これで本当に日本が負けたら、連合国が天皇制を廃止するかもしれないし、そうしなくても国民の間で革命が起こって天皇を排した共和制になる可能性だって、昭和天皇の視野には入っていただろうと思います。結局、この戦争の結果、皇統を守れなくなるという不安に苛まれていたんだと思います。

だから逆に言うと、今の天皇は昭和天皇が戦争を選んだことに対する深い苦しみを理解していると

15 **重臣会議** 昭和初期から太平洋戦争終戦時まで存在した、首相候補の推薦や国家の重要問題についての天皇側近による会議。元老や枢密院議長、首相経験者などで構成され、太平洋戦争の和平工作にも役割を果たした。

いうことになります。だから「私は絶対に（戦争を）選びませんよ」という心境が、さまざまな言動に表れているように感じます。

そう考えますと、明治から平成までの区分というのは、やはり明治が起で大正が承、そして昭和が転で結は平成、というのがいちばんしっくりくるのかなとも思えます。

平成末期と昭和一ケタ時代の共通点

半藤　保阪さんとは話が尽きないけど、話の締めくくりにちょっと脱線するようですが、最近の国際情勢を見ていると、どうしても明治一五〇年の真ん中あたりのちょっと前、つまり昭和一ケタの時代風景とソックリでどうも気持ちが悪いんですよ。

保阪　昭和四年が世界恐慌ですよね。世界的には軍縮ムードですが、昭和八年にはドイツでナチス政権が誕生したり、アメリカではニューディール政策が始まります。日本では昭和三年に張作霖爆殺事件があって、六年の満州事変で満州国が建国されます。血盟団事件や五・一五事件といった、右翼・軍人による国家改造運動が盛り上がるのもこのころですね。

半藤　ウォール街の大暴落で、それまで国際連盟を推進したり各国に不戦条約を働きかけたりと国際平和のリーダーだったアメリカがパタッと「アメリカファースト」になって閉じこもっちゃったでしょ。要するに、今のトランプさんの路線と同じなんですよ。ヨーロッパの国々も、みんな次から次へとサーッと引いていく。国際連盟だってあってなきがごとしで、みんな「自国ファースト」になる。

その状況を見て、日本は今がチャンスとばかりに満州事変を起こすんですね。同じころにドイツではナチスのヒトラー、ソ連ではスターリンが出てきて、一種の「力の空白」をいいことに世界をひっかき回すようになるんです。

それと同じ状況に今、世界は直面してるんじゃないですか。国連だって最近はまったく力がないし、欧州は難民問題をきっかけにドイツですら自国ファーストを主張する勢力が力を増していますし。この状況をチャンスと見ているのは、今だと北朝鮮やシリアなんでしょうね。あと、中国だってそう考えているかもしれませんよ。

保阪　北朝鮮の非核化をめぐる、トランプ大統領と金正恩労働党委員長のトップ会談の行方もどうなることやら……。でも、ただひたすら国際的な圧力をかけて戦略物資を入れさせないという手法には限界があるようにも思えます。それは**ＡＢＣＤ包囲網**[16]にさらされた、かつての日本と同じ状況でしょう。

16　**ＡＢＣＤ包囲網（包囲陣）**　日本の南進を阻止するための、米英中蘭による対日経済封鎖に対する日本側の呼称。南部仏印進駐を契機として米国が対日石油輸出を全面禁止したことに英蘭も従い、また米が中国に軍事援助を決定した当時の国際情勢をさす。

半藤　以前、朝日新聞の主筆をされていた船橋洋一さんと対談したときにも話したことですが、北朝鮮に対して「元に戻れ」、つまり核兵器を保有する前の状況に戻れというのは無理だろうということがあります。

昭和史を勉強すればするほど、そう考えざるをえないのですよ。昭和一六年に時計の針を戻せば、日本軍の**南部仏印進駐**[17]が米国による石油の対日全面禁輸を招き、日米交渉の果てに日本に突きつけられた**ハル・ノート**[18]の内容は仏印と中国全土からの撤兵、要するに満州事変の前に戻れというものでした。これで政府や軍がカーッとなって、戦争を選択したわけです。

だから、いちばん危険なのは石油のような、それがなかったら国家が存続できないという重要物資をとめてしまうことなんだと思います。

北朝鮮に対しては一方的に核を全廃しろというのではなく、現状で凍結するというかたちで、かの国の国民がある程度食べられる状況のなかで、国際社会が話し合いをするしかないでしょうね。

歴史に学ぶことの意義をもういちど

保阪　僕も半藤さんの意見に賛成ですが、それに対しては「制裁を緩めれば貿易によって得られる物資がまた核開発に利用されるだけ」とか「制裁を解いても指導者層だけがいい思いをし、人民が飢える状況は変わらない」という反論がありますね。

ただ不思議なのは、以前から人民が困窮しているという話はあって、それがある程度まで大きくなれば反体制的な反乱などが起こるというのが普通ですよね。ところが、北朝鮮はそうならない。

歴史的な教訓というと大げさかもしれませんが、組織というのは外部の別の組織と出会って自分たちのほうが劣っていると認識すると、自分たちを優れている組織のあり方に合わせようとするところがあります。明治期の日本の政治・軍事組織が西洋のそれをモデルにしたのもそうですし、例えば戦前の**特高警察**[19]に弾圧された共産党も、対抗するために特高に似た組織をつくっていくんですね。

金日成の時代につくられた北朝鮮の組織というのも、もちろんスターリン時代のソ連型社会主義をベースにしながらも、朝鮮半島を統治していた日本の組織もかなり参考にしているように僕には見え

17　南部仏印進駐　第二次世界大戦で仏が独に降伏したことから、日本は援蒋ルート閉鎖の監視を目的に、仏との協定で仏領インドシナ北部の基地使用を可能とした（北部仏印進駐）。これに米国は屑鉄の対日全面禁輸で応じ、さらなる日米関係悪化から日本は仏ビシー政権との交渉で南方作戦の基地を仏印南部に確保。この結果、米国は対日資産凍結令、さらに対日石油禁輸の経済制裁を実施した。

18　ハル・ノート　日米交渉終盤の一九四一年一一月二六日、ハル米国務長官が示した対日回答。日本軍の中国本土からの全面撤退や、中国で日本が支援する汪政権の否認、三国同盟の廃棄などで、日本側はこれを米国の最後通牒ととらえ、対米英蘭開戦に踏み切った。

19　特高警察（特別高等警察）　社会主義運動などの思想犯の摘発を目的とした警察機構。明治天皇暗殺計画から幸徳秋水らが死刑となった大逆事件後、警視庁に特別高等課が設置されたのを契機に全国へ拡大した。戦後、ＧＨＱにより解体された。

ました。金日成から今の金正恩へと三代に世襲されたのも他の社会主義国家には見られないもので、政治・軍事のトップの世襲というのは、戦前の日本の天皇と似ていますね。

ただ北朝鮮の統治方法に問題があるとわれわれが批判する場合には、どういう視点でそれを批判するのかという、こちら側の立場が問われることになるわけです。

半藤　日本人も、もっと過去を振り返って、そこから教訓を得ないとダメですね。そういう姿勢を抜きにして、明治一五〇年をお祝いしている場合じゃないはずです。今の政権は北朝鮮には「圧力」を叫ぶだけだけど、自分たちの国がそれをやられて何をしたか、歴史に学んでよく考えろと言いたいね。

保阪　私たちは、明治から平成最後の年にいたるこの一五〇年という歴史について、これまで定説として語られてきた史実は本当なのかどうか、もっと疑って検証していくべきだと思います。これまで見落としてきた資料や視点を拾い上げながら、真っ正面から歴史の史実を見ていく、という姿勢が必要ではないでしょうか。

冒頭にも言いましたように、司馬さんの歴史観でいうと、明治の日本人は輝かしかったが、昭和に入ってダメになり、築いてきた国を賭場に投げ出すまでに至った、というストーリーが多くの日本人の間で共有されていますね。確かにわかりやすい見方なんだけど、司馬さんも亡くなってもう二〇年以上経つなかで、この見方が現在でも有効なのかどうか、ということにもなってくるでしょう。

一方ではこれも薩長史観のひとつかもしれませんが、明治の近代化を正当化するあまり、それ以前の江戸をあたかも暗黒の時代であったかのように描くような歴史観もありました。これも最近の近世研究などによると、そうではなくて江戸期日本に培われたものが明治の基礎を提供したのだということになってきています。

そういったことも踏まえながら、私たち日本人はこの一五〇年をどう歩んできたのか、その本当の姿に迫ることこそ、明治一五〇年という節目の意味ではないかと僕は思うのです。

あとがき

作家という仕事を選ぶのは、むろん本人の意思が必要であることは否定できないにせよ、運とか不運といった要素に加え、書きたいテーマが尽きないということも条件になるであろう。書きたいテーマ、素材、さらには忍耐と根気、そして人生の早い時期に才能を認めてくれた先達など、人との出会いも大切である。

そのような条件を持って作家となっても、常に自己透視の気持ちがなければ安定した仕事もできないのではないか。私はこれまで何人かの作家と会話を交わすたびに、そのような感を持った。人生を作家という仕事に没頭することは、並大抵のことではないと考えてきた。

私のようなノンフィクションというジャンルを選んだものは、むろん自己透視や自己省察の日々といえども、風景が変わることで他動的に自らを見つめることがあるが、しかし小説というジャンルは自身で心理的な戦いを繰り返すことが条件でもある。

とはいえ、今回の対談を通して、作家とはノンフィクションであれ、フィクションであろうが、実は日々自身と戦うだけでなく、読者にどのような満足感を与えられるかを考えているように、私には見受けられた。そういう点で、多くのことを教えられた。このことに感謝しなければならない。

時代は、平成から令和へと移行していく。

天皇の代替わりの時に、本書が刊行されるのは意義があるのかもしれない。実際には一連の対談のなかでも、西村京太郎氏とは平成二九年の一二月に行われているし、他の諸氏とも、改元の話など具体的には論じていなかった。今改めて、この元号についても論じたかったとの思いがする。

明治、大正、昭和、平成、そして令和と続いた元号を見て、どのような感想を持つだろうか。私自身は、明治、大正、昭和は大日本帝国憲法下というイメージがある。昭和は新しい憲法の下での期間の方がはるかに長いのだが、しかし軍事についてのイメージがかぶさってくるのは否めない。

平成、そして令和は、過去三代の天皇とはかなりイメージが異なってくる。戦争のイメージはない。あるいは、表現の自由をはじめとする市民的自由が保障された社会、との感がしてくる。それぞれの時代が背負った歴史的背景があり、そのイメージが天皇に被せられてくるが、令和の天皇にはどのようなイメージが重なってくるだろうか。

本書は、そのことを論じるのが主たる役割ではない。したがってその視点は語られていない。言えることは、表現者が少なくともさしあたりどのようなことでも自由に話し合える時代に、心に思うことを自在に明かし合えた、というのが本書のポイントである。そのことを理解してそれぞれの考え方を味わってもらいたいと思う。

西村氏は最後の陸軍幼年学校生徒で、あの戦争で人生を大きく変えられた一人である。その人生は激動の昭和史を見事に体現しており、西村氏の戦争観にはおおいに納得することができた。また池内氏との対談では専門とするドイツと日本の比較もさることながら、元陸軍軍医だった叔父の話に興味をそそられた。

逢坂氏とは今回で二度目の対談となったが、スペイン近現代史に限らずその博学ぶりにあらためて驚かされた。浅田氏とじっくり話したのは今回が初めてである。中国や日本の近現代史への造詣が深いだけでなく、浅田氏がライフワークと位置づける戦争小説への思いや信念に、強い印象を受けた。

半藤氏とはこれまで幾度も対話を重ねてきたが、今回は東京新聞で行った明治一五〇年をテーマとする対談をもとに、大幅に加筆した。日本近現代史の「歴史探偵」である半藤氏の深い洞察が、ここに凝縮されている。

本書を編むに当たって、あらためて五人の作家のご協力に感謝したい。さらに助言をいただいた文源庫の石井紀男・阿部剛両氏、そして本書をまとめてくれた山川出版社の萩原宙氏に謝意を表したい。ありがとうございます。

令和元（二〇一九）年五月

保阪正康

対談者略歴

西村京太郎（にしむら・きょうたろう）

一九三〇（昭和五）年、東京生まれ。東京陸軍幼年学校在学中に終戦。戦後は人事院勤務などを経て一九六三（昭和三八）年に『歪んだ朝』でオール讀物推理小説新人賞、その後『天使の傷痕』で江戸川乱歩賞（一九六五年）、『終着駅殺人事件』で日本推理作家協会賞（一九八一年）、日本ミステリー文学大賞（二〇〇五年）、『十津川警部シリーズ』で吉川英治文庫賞（二〇一九年）などを受賞。二〇一七年に全著作が計六〇〇冊に到達した、トラベルミステリーの第一人者。

池内　紀（いけうち・おさむ）

一九四〇年、兵庫県生まれ。ドイツ文学者・エッセイスト。『海山のあいだ』で講談社エッセイ賞、『恩地孝四郎』で読売文学賞、訳書『ファウスト』で毎日出版文化賞を受賞。その他おもな著作に『見知らぬオトカム―辻まことの肖像』『二列目の人生』『ドイツ職人紀行』など。町歩きの本に『ニッポン周遊記』『ニッポン旅みやげ』など。訳書に『フランツ・カフカ小説全集』（全六巻）、アメリー『罪と罰の彼岸』など。

逢坂　剛（おうさか・ごう）

一九四三年東京生まれ。博報堂入社後の八〇年に『暗殺者グラナダに死す』でオール讀物推理小説新人賞、八六・八七年に『カディスの赤い星』で直木賞、日本推理作家協会賞、日本冒険小説協会大賞。二〇一四年に日本ミステリー文学大賞。一五年に『平蔵狩り』で吉川英治文学賞。他に『長谷川平蔵シリーズ』『近藤重蔵シリーズ』『百舌シリーズ』など著作多数。日本推理作家協会理事長も務めた。

浅田次郎（あさだ・じろう）

一九五一年東京生まれ。九五年に『地下鉄《メトロ》に乗って』で吉川英治文学新人賞、九七年『鉄道員《ぽっぽや》』で直木賞、二〇〇〇年『壬生義士伝』で柴田錬三郎賞、一〇年『終わらざる夏』で毎日出版文化賞、一六年『帰郷』で大佛次郎賞など数々の賞を受賞。その他『日輪の遺産』『蒼穹の昴』『マンチュリアン・リポート』『おもかげ』など著書多数。二〇一一年から一七年まで第一六代日本ペンクラブ会長。

半藤一利（はんどう・かずとし）

一九三〇年、東京生まれ。東京大学卒業後、文藝春秋入社。『週刊文春』『文藝春秋』編集長、専務取締役を経て作家。『漱石先生ぞな、もし』（正・続）で新田次郎賞、『ノモンハンの夏』で山本七平賞、『昭和史一九二六―一九四五』『昭和史　戦後篇一九四五―一九八九』で毎日出版文化賞特別賞を受賞。他に『幕末史』『日露戦争史』（一、二、三）『あの戦争と日本人』『世界史のなかの昭和史』など多数。

保阪正康（ほさか・まさやす）

一九三九年北海道生まれ。同志社大学卒業後、出版社勤務を経て著作活動へ。『東條英機と天皇の時代』『昭和陸軍の研究』『瀬島龍三　参謀の昭和史』など昭和史を中心とした著書多数。二〇〇四年に個人誌『昭和史講座』で菊池寛賞、二〇一七年に『ナショナリズムの昭和』で和辻哲郎文化賞を受賞。近著に『昭和の怪物　七つの謎』など。

編集協力／文源庫（石井紀男・阿部剛）

本文扉写真提供／共同通信社

対談《たいだん》 戦争《せんそう》とこの国《くに》の150年

―作家《さっか》たちが考《かんが》えた「明治《めいじ》から平成《へいせい》」日本《にほん》のかたち―

2019年5月20日　第1版第1刷印刷　　2019年5月30日　第1版第1刷発行

著　者　保阪正康　西村京太郎　池内　紀

逢坂　剛　浅田次郎　半藤一利

発行者　野澤伸平

発行所　株式会社 山川出版社

〒101-0047　東京都千代田区内神田1-13-13

電話　03(3293)8131(営業)　03(3293)1802(編集)

https://www.yamakawa.co.jp/

振替　00120-9-43993

企画・編集　山川図書出版株式会社

印刷所　株式会社太平印刷社

製本所　株式会社ブロケード

装　幀　マルプデザイン（清水良洋）

本　文　梅沢　博